저질러야 시작되니까

저질러야 시작되니까

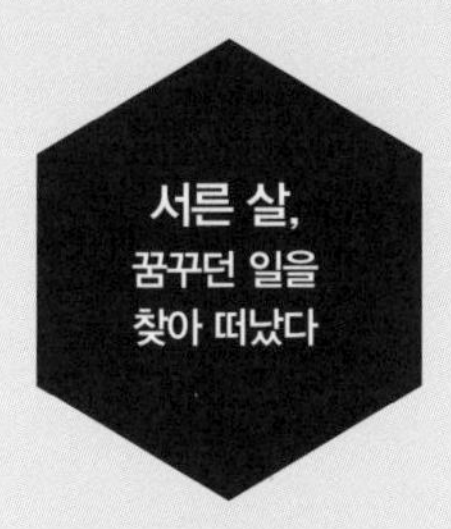

양송희 지음

시크릿하우스

프롤로그

저질러야 시작된다

2018년 여름, 나는 5년 1개월간 몸담았던 인천유나이티드를 그만두고 영국으로 떠났다. 2018-2019시즌 잉글랜드 프리미어리그EPL 토트넘홋스퍼에서 한국인 손흥민 선수가 최고의 활약을 펼칠 때, 나는 토트넘홋스퍼 스토어의 유일한 한국인 직원으로 불티나게 팔리는 그의 유니폼을 판매했다.

한국에서의 안정을 내려놓고 타국에서 모험같은 삶을 선택했던 그 당시, 나의 카카오톡 상태 메시지는 '저질러야 시작된다'였다. 이는 영국에 있는 내내 단 한 번도 바꾸지 않았다. 무엇이든 시작을 하려면 일단 눈 딱 감고 저지르고 봐야 한다는 이야기였다. 나이 서른에 멀쩡한 직장을 박차고 나왔던 나의 용기는 대단한 믿는 구석이 있어서가 아니었다. 단순히 나의 꿈을 위해 저질렀고, 그것으로 인해 꿈이 시작됐다. 또 그 시작이 많은 것을 바꿔놨다.

나는 내가 저질러서 시작된 영국에서의 시간을 모조리 기록하리라 마음먹었다. 이 소중한 시간을 하나하나 남겨두고 싶었기 때문이다. 영국 런던은 지하철에서 핸드폰이 터지지 않아 가만히 앉아있는 시간이 따분했다. 그래서 항상 지하철을 탈 때마다 노트 한 권을 들고 다녔고, 이 시간을 이용해 내 감정과 경험을 기록했다. 역사학자처럼 작은 것 하나 놓치고 싶지 않았다. 그렇게 낮에 돌아다니며 쓴 글들을 매일 밤 노트북 앞에 앉아 블로그에 옮겨 적었다. 때로는 너무 지쳐 그대로 침대에 눕고 싶은 날도 있었다. 그러나 무조건 썼다. 나중에 웃으면서 볼 날이 반드시 오리라고 믿었기 때문에.

그렇게 영국에서의 나의 이야기는 '머쉬의 영국일기'라는 이름으로 블로그에 총 265편의 글로 남았다. 처음에는 스스로를 위한 기록이었지만 점점 보는 눈이 늘어났고, 내 글을 꾸준히 찾아보는 사람들도 생겼다. 고마운 관심이었고 글을 쓰는 동기 부여도 됐지만, 한편으로는 나의 사생활을 이렇게 노출해도 되나 하는 고민에 휩싸이기도했다. 하지만 전자의 기쁨이 더 컸던 것 같다. 그래서 영국에 있는 동안 나는 마치 공공재처럼 블로그에 나의 거의 모든 것을 공개했고, 한국에 돌아와 다시 평범한 일상으로 돌아오면 블로그를 닫아야겠다고 생각했다.

하지만 한국에 와서도 이미 습관이 된 기록에 대한 집착은 계속됐다. 그렇게 매일 사진을 찍고, 글을 쓰고, 감정을 기록했다. 영국에서처럼 매일 밤 나의 모든 하루를 기록하지는 않더라도 적어도 일주일에 한두 번씩은 블로그에 글을 썼다. 차곡차곡 쌓아놓은 글들은 고맙게도 내 마음이 복잡할 때나 혹은 예전 일들이 궁금해 꺼내 볼 때 종종 위로가 되곤 했다.

그렇게 꾸준히 글을 쓰다보니 언젠가 책을 쓰고 싶다는 나의 막연한 꿈이 떠올랐다. 2020년 코로나19로 전 세계가 멈추고, 연말에 모임조차 잡을 수 없는 상황이 오히려 책에 오롯이 집중할 수 있는 적기라고 생각했다. 다행히 블로그에는 꽤 많은 글이 쌓였고, 축구만 보고 달려온 나의 인생도 대단하지는 않지만 그래도 남들에게 들려줄 이야깃거리는 조금 됐다. 그리하여 책을 쓰게 됐고, 이렇게 독자 여러분을 만나게 됐다. 교복 차림으로 축구장을 드나들던 10대 때부터 직접 축구화를 신었던 대학 시절, K리그 구단 프런트로 보낸 5년, 또 영국 프리미어리그라는 모험과 이제는 한국프로축구연맹에서 갓 1년을 보낸 뒤 털어놓는 이야기들.

사는 데 축구가 전부는 아니지만, 누군가 이 책을 읽을 때만큼은 전부이기를.

2021시즌 K리그의 한가운데에서,

양송희

차례

프롤로그 | 저질러야 시작된다 · 004

1장 사커 키드의 탄생

사커 키드의 탄생 · 015

축구가 나에게로 왔다 · 019

마음속 작은 불씨 · 022

No. 8 송라드입니다 · 026

또 한 번 축구가 나에게로 왔다 · 032

2장 무엇에 끌려 이곳에 왔나? 그건 바로 내 운명

잘 키운 유망주, 프로에 입단하다 · 039

무엇에 끌려 이곳에 왔나? 그건 바로 내 운명 · 044

워라밸의 모호한 경계 · 050

나를 울린 영상 편지 · 057

그 시절, 우리가 좋아했던 · 060

이렇게 멋진 2등이라니 · 068

결국 사람이 하는 일 · 072

그럼 계약직인가요, 정규직인가요? · 078

칭찬은 양송이버섯도 춤추게 한다 · 082

1년을 축구 달력으로 사는 사람들 · 086

수많은 만남과 이별이 오갔던 곳에서 · 090

3장 토트넘에선 한국어도 스펙이었죠

익숙함을 떠나 미지의 세계로 · 099
울컥 울컥 울컥 · 108
내가 토트넘의 여인이 될 상인가 · 119
토트넘에선 한국어도 스펙이였죠 · 132
누구보다 간절하게, 열심히 · 143
왜 한글 유니폼을 안 사는 거야? · 155
외국인 노동자의 현지 적응기 · 159
그분이 등장하다! 손.흥.민 · 164
이 모든 건 완벽한 타이밍 · 171
내가 가야 길이 된다 · 175
아무것도 몰라야 더 재밌거든 · 181
떡볶이가 먹고 싶을 땐 언제든지 먹도록 · 187

4장 사는 데 축구가 전부는 아니지만

어느 삼수생의 합격 수기 · 197
빼앗긴 개막에도 봄은 오는가 · 204
The game is on · 208
신이 내게 덜 주신 것 · 214
시작을 함께 시작한다는 것 · 218
축구공은 둥그니까 자꾸 걸어 나가면 · 221
이기는 편 우리 편 · 226
어디에도 없지만 또 어디에나 있는 · 233
사는 데 축구가 전부는 아니지만 · 237
서른 살이 스무 살에게 · 241
그리고, 다시 개막 · 250

에필로그 | 이분이 여자였어요? · 253
추천의 글 · 258

1장

사커 키드의 탄생

나는 축구와 떼려야 뗄 수 없는 상태가 됐다.
그렇게 축구가 나에게로 왔다.

○

사커 키드의 탄생

대한민국이 들썩이던 2002년 여름, 한 중학생의 운명이 바뀌었다.

한일 월드컵 이전까지 내가 아는 축구라고는 어렴풋이 기억하는 1998년 프랑스 월드컵이 전부였다. 멕시코전에서 선제골을 넣은 지 3분 만에 퇴장당한 하석주 선수, 벨기에전에서 붕대 투혼을 펼친 이임생 선수, 센세이션을 일으키며 등장했던 신예 이동국 선수 등. 세세한 경기 내용은 전혀 기억나지 않지만, 인상적인 몇 장면은 조각처럼 떠올랐다. 당시 초등학교 3학년이던 나에게 축구의 90분은 너무도 긴 호흡이었고,

단발적인 순간만 뇌리에 남아있었다.

4년이 지나고 2002년, 나는 중학교 1학년이 됐고 또 한 번의 월드컵이 열릴 준비가 한창이었다. 이번 월드컵은 우리나라에서 열리는 만큼 전 국민의 기대와 관심이 더욱 쏠렸다. 우리 집 역시 더도 말고 덜도 말고 딱 다른 집만큼 월드컵에 대한 기대와 관심을 갖고 있었다. 아빠는 적당히 축구를 즐기셨고, 나는 그런 아빠 어깨너머로 적당히 축구를 볼 심산이었다.

2002년 6월 4일, 2002 한일 월드컵 D조 1차전 첫 경기. 대진은 한국과 폴란드였다. 초여름 밤, 열어놓은 베란다 틈새로 선선한 저녁 공기가 들어왔다. TV 중계 화면 속 애국가를 제창하는 선수들의 눈빛이 반짝였고, 붉은 유니폼은 강렬했다. 심판 휘슬 소리와 함께 잔디 위에서 쉼 없이 공을 주고받으며 달리는 선수들을 보는 기분이 짜릿했다.

전반 25분, 황선홍 선수의 선제골이 터지자 열어놨던 베란다 너머로 다른 아파트 여러 집에서 함성이 터졌다. 분명 서로 각자 집에서 축구를 보고 있는데 약속이라도 한 듯이 동시에 폭죽처럼 터졌던 함성 소리. 생전 처음 해보는 경험이었다.

후반 8분 유상철 선수의 추가 골이 들어가며 한국이 2대0으로 승리했다. 대한민국 역사상 월드컵 첫 승이었다. 여운은 쉬이 가시지 않았다. 축구가 주고 간 열기는 대단한 것이었다.

그로부터 약 일주일 뒤, 학교를 마치고 친구 집에서 한국과 미국의 월드컵 2차 조별예선을 봤다. 아쉬운 1대1 무승부였지만 가슴 속에 뭔가 꿈틀거리는 것을 느꼈다. TV만 틀면 모든 방송에서 연일 축구 얘기를 했고, 주변 사람들의 대화 소재 역시 마찬가지였다.

점점 무르익는 월드컵 기운과 함께 나는 한국의 마지막 조별 예선인 포르투갈전을 보기 위해 친구들과 첫 거리 응원을 나갔다. 'Be the reds'라고 써 있는 붉은 옷을 입고, 모르는 사람들과 뒤엉켜 경기를 봤다. 삐뚤빼뚤한 솜씨로나마 하드보드지와 형광지를 오려 플래카드도 만들었다.

이후 대한민국 대표팀은 이탈리아, 스페인 등 유럽 강호를 꺾고 4강 진출 신화를 쓰며 승승장구했다. 이 과정을 두 눈으로 지켜보며 축구의 매력에 흠뻑 빠진 나는 2002 한일 월드컵에 관한 신문 기사라면 모조리 잘라 스크랩을 했고, 용돈을 모아 잡지도 샀다. 불과 한 달 전 만해도 아빠가 틀어놓은 축구중계를 심드렁하게 보던 내가 어느새 아빠보다 더 축구를 좋아하게 된 것이다.

나는 대표팀에서 김남일 선수를 가장 좋아했다. 샛노란 염색 머리와 터프한 외모, 거기에 어울리는 투지 넘치는 플레이까지. 그의 모든 것은 소녀 팬의 마음을 흔들어놓기 충분했다. 게다가 당시 김남일 선수의 톡톡 튀는 어록까지 연일 매스컴에 오르내리며 그의 매력은 서사까지 완벽했다.

한여름 밤의 꿈같던 월드컵이 끝난 후, 언론에서는 이제 'K리그'에서 김남일 선수를 포함해 대표팀 선수들을 실제로 볼 수 있다고 했다. K리그? 그게 뭔데? 어디서 하는 건데?

○

축구가 나에게로 왔다

2002년 6월 29일 월드컵 3·4위전이었던 한국과 터키의 경기가 열리던 날, 관중석에는 'CU@K리그'라는 카드 섹션이 등장했다. See you at K리그, 이제 월드컵의 축구 열기를 이어가 K리그에서 만나자는 이야기였다.

그때 처음으로 'K리그'가 우리나라 프로축구라는 것, 그리고 내가 살고 있던 전주에는 '전북현대'라는 팀이 있다는 걸 알게 됐다. 그리하여 월드컵에서 시작된 나의 축구 사랑은 자연스레 K리그로 옮겨 갔다.

인정한다. 중학교 1학년 학생이 처음 K리그 경기장을 찾게 된 이유는 축구가 아니라 김남일 선수였다. 그를 보기 위해서 경기장에 가는 것으로도 모자라 훈련장과 원정 선수단이 묵는 호텔까지 갔다. 특별히 응원하는 팀은 없었고, 내 눈은 김남일 선수의 움직임만 좇았다. 이때 훈련장에서 받은 김남일 선수의 싸인은 코팅까지 해서 지금도 아주 완벽한 상태로 보관 중이다.

용돈을 모아 친구들과 경기장에 가는 것이 너무 재밌었고, 경기를 보러 다닐수록 김남일 선수 외에도 눈에 들어오는 멋진 선수들이 점점 늘어났다.

당시 나는 가수 god를 무척 좋아했다. 그때 가수 god는 나에겐 말 그대로 '신' 같은 존재라 TV 속에서나 존재했는데, 축구 선수 오빠들은 경기장에 가면 실제로 볼 수 있었다. 어디 그뿐인가? 운이 좋으면 싸인을 받고, 같이 사진도 찍을 수 있었다. 게다가 선수들은 종종 싸이월드 일촌 신청도 받아주고, 무려 일촌평을 써주는 팬서비스까지 했다! K리그야말로 소녀팬이 '덕질'을 하기 가장 완벽한 곳이었던 것이다.

오프사이드가 뭔지도 모르던 축구 까막눈은 점차 어느 팀이 어떤 포메이션과 전술을 쓰는지까지 아는 수준이 되었다.

사회 시간에서나 듣던 울산, 포항, 수원 등의 지명은 K리그 팀 연고 지역으로 익숙해졌다. 또 인터넷 K리그 팬 사이트 등을 통해 전국 각지의 랜선 친구들이 생겼고, 우리는 매일 컴퓨터 메신저로 축구 얘기를 했다. 이 인연은 지금까지 이어져서, 얼마전 이 중 한 친구의 결혼식 참석을 위해 부산에 다녀오기도 했다.

내 달력과 수첩에는 항상 경기 날 표시가 빼곡했다. 나는 축구와 떼려야 뗄 수 없는 상태가 됐다. 그리고 내가 좋아하는 이 모든 것들이 매주 주말 우리 동네 경기장에 가면 있었다.

그렇게 축구가 나에게로 왔다.

마음속
작은 불씨

고등학교에 진학한 후에도 나의 유별난 축구 사랑은 여전했다. 가끔 야간자율학습을 빼먹고 경기장에 가기도 했고, 국제 대회가 열리는 날이면 새벽에도 자다 일어나 축구 중계를 보곤 했다. 이미 나는 학교에서 '문과에 축구 좋아하는 걔'로 유명했다.

엄마와 아빠는 내가 축구를 좋아하고 경기장을 다니는 것에 대해 단 한 번도 간섭하거나 야단친 적이 없었다. 두 분 다 내가 좋아하는 일을 즐기도록 내버려 두셨고, 덕분에 나는 자연스레 축구에 더욱 몰두할 수 있었다(나는 이 점을 성인이 된 지금까지 감사하게 생각한다).

고2 때 어느 날, 같은 반 친구들과 전북현대 홈페이지를 보다가 '최진철 골든벨 대회'라는 하프타임 이벤트를 발견했다. 호기심이 발동한 우리는 장난 반으로 이벤트에 지원했다. 절반은 장난이었지만 절반은 나름 진지해서, 구단 사무국에 전화를 걸어 "어떤 문제가 나오나요?", "문제가 쉽나요, 어렵나요?", "뭘 공부해야 하나요?"하며 적극적으로 묻기도 했다.

우리는 경기 당일 각자 이름이 적힌 AD카드를 목에 걸고 의기양양하게 이벤트에 참가했다. 전주월드컵경기장 그라운드 한가운데 서서 전광판에 나오는 최진철 선수 관련 질문을 듣고 눈치껏 다른 참가자들을 따라 ○와 ×로 열심히 움직였다. 나는 용케도 마지막까지 살아남았다. 그러나 하프타임이 끝나고 구단에서 준비한 질문이 동날 때까지, 승자는 가려지지 않았다.

진행을 맡은 구단 직원은 어쩔 수 없이 제비뽑기로 최후의 승자를 뽑겠다고 했다. 마지막까지 남은 참가자들의 이름 중 한 명을 뽑았다.

"양송희 씨!"

헉, 그가 내 이름을 불렀다. 얼떨결에 내가 1등으로 뽑혀버렸다. 1등 상품은 전북 유니폼으로, 생전 처음 갖게 된 축구 선수 유니폼이었다. 축구 유니폼은 꽤 고가여서 학생인 내가 감히 살 수 없는 것이었다. 이날의 즐거운 경험은 내 관심이 축구 경기 외에 팬들을 위한 이벤트로도 넓어지게 했다.

'나도 저곳에서 일할 수 있다면 얼마나 좋을까?'

그날 이후였을까? 마음속에 작은 불씨가 타올랐다. 축구 관련 일을 하고 싶어졌다. K리그에서부터 월드컵, 올림픽 등 축구 대회를 접할 때마다 점점 간절해졌다. 축구 관련 직업이 선수, 감독, 심판 말고 뭐가 있는지도 몰랐다. 하지만 경기장에서, 이 사람들과 함께 일하고 싶다는 생각은 점점 강해졌다.

대학 입시와 진로를 결정해야 하는 고3 시절에도 마찬가지였다. 하지만 나에겐 축구 산업에 대한 정보도, 마땅히 물어볼 데도 없었다.

"선생님, 저 축구와 관련된 일을 하고 싶은데요."

진로 상담을 할 때 담임 선생님마저 고개를 갸웃거리셨다.

혼자 대한축구협회와 한국프로축구연맹 홈페이지를 들락거리기 시작했다. 협회 조직도를 살펴보며 어떤 사람들이 일하고 있는지 상상해 봤다. 정확히 어떤 공부를 해야 들이길 수 있고, 들어가면 무슨 일을 하는 걸까? 잘 모르지만, 그저 축구와 관련된 것이라면 무엇이라도 좋을 것 같았다.

'저 조직도 한 켠에 내 이름 석 자가 있는 날이 올까?'

상상만으로도 근사했다.

○

No. 8
송라드입니다

"축구 선수예요?"

축구공 꾸러미를 들고 버스에 오르는 나를 보고 기사님이 물었다.

"취미로 하는 거예요."

나는 머쓱하게 웃으며 대답했다. 대학교에 갓 입학한 2008년, 대한축구협회에서 진행하는 전국여자대학 축구대회에 대해 우연히 알게 됐다. 무슨 생각이었는지 나와 친구들은 한번 뛰어보기로 했다. 당시 내가 다니던 국제스포츠레저학부(현 글로벌스포츠산업학부)는 남초 학과였다. 07, 08학번 여학생을 다 합쳐야 겨우 11명이 전부였다. 가까스로 한 경기에 뛸 수 있는 인원수를 맞춘 셈이다. 그렇게 우리는 후보 선수 한 명 없이 11명 으로 대회에 등록했다.

이전까지 축구를 볼 줄만 알았지 직접 해보는 건 상상도 못한 일이었다. 그야말로 무모한 도전이었다. 하지만 내 이름이 새겨진 유니폼을 입고, 내 발에 딱 맞는 축구화를 신고 달리는 것은 꽤 신나는 일이었다. 우리는 남자 동기들에게 축구를 배워가며 어설프게나마 공을 다루게 됐다. 내 포지션은 중앙 미드필더가 됐다.

등 번호를 정하던 날, 수업을 듣고 온 사이 인기 번호는 이미 친구들이 골라간 후였다. 남아있던 번호는 몇 개 없었고, 나는 그중 8번을 골랐다. 당시 잉글랜드 국가대표팀 주장이자 리버풀FC의 레전드인 스티븐 제라드의 등번호가 8번이었고, 그의 포지션 또한 중앙 미드필더였기 때문이다. 그렇게 내 별명은 '송라드'가 되었다.

드디어 다가온 2008년 겨울의 첫 대회. 우리는 꼭두새벽에 일어나 파주까지 가야 했다. 늦잠을 잘까 봐 우리들은 전날 밤 유니폼 차림으로 축구 스타킹까지 다 신고 잤다. 스무 살의 우리는 이렇게나 순진했다.

여주대와의 첫 경기, 우리는 기적같이 0대0으로 비겼다. 이후 두 경기는 내리 졌지만 우리는 이래도 흥, 저래도 흥이었다. 공을 차며 뛰어다니는 게 마냥 재밌던 그날. 아마 경기에 지고도 그렇게 웃으며 뛰어다니는 선수들은 그 대회에서 우리뿐이었을 것이다.

이듬해 2009년에는 협회에서 주관하던 대회가 없어지면서 2008년 대회 참가팀 중 하나였던 숙명여대가 주축이 되어 대회를 열었다. 이후 2010년부터는 한국프로축구연맹이 대회를 이어갔다. 나는 2008년 이후 대학교를 졸업할 때까지 매년 전국 여자대학 축구대회에 참가했다. 팀 주장을 맡았고, 훈련도 매주 1회 꼬박꼬박했다.

학업과 축구의 병행이 쉽지 않을뿐더러, 매년 참가 팀 중 유일하게 체대 팀이 아니었던 우리가 좋은 성적을 내는 것은 더더욱 어려웠다. 하지만 우리는 축구 그 자체에 재미를 붙였다. 특히 내가 찬 중거리 슛이 원하는 방향으로 딱 떨어져 패스로 연결될 때의 기분은 정말 짜릿했다(물론 자주 있는 일은 아니었다).

여전히 우리 팀은 최약체에, 승점 자판기였다. 하지만 이런 독특한 팀 컬러 조차 재밌었다. 대회에 나가면 우리는 다른 팀에 비해 몸을 푸는 모습부터 너무 엉성했다. 경기 중에는 상대 팀에 5골씩 먹히며 대량 실점을 하기도 했다.

"슈팅할 때는 공을 차는 발만큼 중요한 게 디딤발이에요. 디딤발 위치를 잘 잡고 힘을 제대로 실어줘야 슈팅 정확도가 올라가요."

오죽하면 우리를 측은하게 여긴 심판 선생님들이 축구를 가르쳐주기도 했다.

잊지 못 할 에피소드는 또 있다. 2010년 대회를 앞두고 우리는 골키퍼를 뽑아야 했다. 우리 팀이 워낙 못하니까 골키퍼는 항상 누구보다 고생했고, 그래서 모두가 기피하는 포지션이었다. 마지막까지도 골키퍼 지원자가 없어 어쩔 수 없이 가위바위보로 골키퍼를 정했다. 운이 없었던 걸까? 10학번 아라가 골키퍼에 당첨됐다. 대회 전부터 피나는 훈련을 했던 아라는 대회 내내 자동문 같은 우리 수비 때문에 넘어지고 구르며 온몸으로 상대 팀의 슈팅을 막아내야 했다.

대회 첫날 숙소에 모여 잠들기 전 우연히 본 아라의 다리는 성한 곳이 없었다. 그야말로 멍투성이었다. 주장인 내가 너무 큰 짐을 준 것 같아 미안했다. 그때 우리는 이미 첫날 한체대와 숙명여대를 상대로 조별예선 두 경기를 내리 졌고, 둘째 날은 이화여대와의 마지막 경기가 남아있었다.

마지막 경기에서도 우리는 상대 팀에게 끌려다니고 있었다. 후반 종료가 5분 정도 남았을 무렵, 상대의 강한 슈팅이 아라의 얼굴 정면으로 날아갔다. "퍽!" 소리와 함께 골키퍼 아라의 코에서 쌍코피가 터졌다. 터진 건 코피뿐만이 아니었다. 그간 온갖 수난을 겪어온 아라의 울음도 함께 터져 버렸다. 아라의 울음소리를 듣자마자 덩달아 나도 눈물이 터졌고, 주장인 내가 우니 경기장에 있는 모든 선수가 따라 울었다. 어차피 경기는 끝나가는 시점이었고, 다 같이 엉엉 우는 우리 때문에 심판 선생님은 경기를 종료시켰다. 모든 선수가 울면서 경기를 마친 팀 또한 이 대회에서 우리 팀 밖에 없었을 것이다.

결국 나는 졸업할 때까지 축구대회에서 단 한 번도 이기지 못 했지만, 그때 몸소 깨우친 팀워크와 도전 정신은 어디서도 배울 수 없는 것들이었다.

이후 학교를 졸업하고 직장을 다니는 동안 내가 대학생 때 축구를 해봤다는 말이 와전되어서 '엘리트 선수 출신'이라는 소문까지 돌았다. 종종 '축구 잘 하냐'고 묻는 동료 직원들의 질문에 "제 닉네임이 송라드였어요"라고 대답하며, 엄청난 이름값 뒤에 처참한 실력은 꽁꽁 숨겼다. 물론 단 한 번도 직원들 앞에서 축구를 한 적이 없어 내 실력은 철저히 봉인됐다.

그렇게 송라드는 역사의 뒤안길로 사라졌다.

○

또 한 번 축구가 나에게로 왔다

때로는 축구를 했다가, 축구를 봤다가 또 남들처럼 공부도, 연애도 하다 보니 대학 생활은 정신없이 흘러갔다. 그리하여 대학교 마지막 학기가 되고 나는 '취준생'이 됐다. 이리저리 눈치보며 남들처럼 대기업도 지원했지만, 그곳의 문턱은 높았다. 운 좋게 어느 한 대기업의 최종 면접까지 봤으나 결과는 낙방이었다.

매일 밤 침대에 누울 때마다 어찌나 앞날이 캄캄한지 잠이 오질 않았다. 그렇게 불안한 미래에 발버둥 치던 날, 우연히 한국프로축구연맹 신입 직원 채용 공고를 보게 됐다.

'이거다!'

이것은 분명히 나를 위한 자리였다. 운 좋게 서류 전형에 합격했다. 열심히 준비한 1차 실무면접. 프레젠테이션 발표와 함께 진행된 1차 면접에서 너무 떨린 나머지, 바보 같은 소리만 해댔다. 제대로 된 답변을 하나도 못 했기 때문에 면접장을 나서는 순간부터 이미 떨어질 것이라 예상했다. 어느정도 직감했던 탈락이었지만, 그래도 막상 탈락이라는 결과를 받아들이기에는 마음이 너무도 씁쓸했다.

어릴 적부터 축구만 바라봤고, 그중에서도 내가 제일 좋아하는 K리그와 관련된 일이라면 어떤 일이든 무조건 할 수 있을 거라고 생각했다. 그런데 이제 한발만 더 가면 된다고 생각한 순간 꿈을 놓친 것 같아 너무 허무했다. 그렇게 멍하니 이틀 동안 아무것도 하지 않고 집에서 핸드폰만 봤다.

다시 마음을 다잡고 꾸역꾸역 취준생의 자세로 지내던 중, 몇몇 K리그 구단에서 공채 소식이 들려왔다. 열심히 자기소개서를 써서 인천유나이티드에 지원했다. 이번에도 서류 전형에 합격해 면접을 보게 됐다. 며칠 뒤 면접 결과 발표 날이 되었다. 그러나 내 핸드폰은 조용했고, 나는 또 포기하고 있었다.

'나에겐 축구가 필요한데 축구는 내가 필요 없구나. 나는 정말 축구 산업에서 일할 수 없구나.'

마음은 쓰렸지만 이제는 축구만 고집할 게 아니라 뭐라도 해야 했다. 당시 비슷한 시기에 면접을 보고 채용 제안이 왔던 어느 골프 관련 회사에 입사하기로 했다. 마음이 내키는 직장은 아니었지만 그렇다고 마냥 놀 수는 없었다. 골프 회사 입사를 하루 앞둔 날 아침, 아빠가 지난밤에 꾼 꿈 이야기를 해주셨다.

"송희야. 꿈에서 아빠랑 너랑 같이 나무에 주렁주렁 달린 보석을 땄다? 거기도 분명 좋은 회사일 거야. 너무 아쉬워하지 말아라."

꿈 얘기를 듣고 아빠 앞에서는 애써 웃어 보였다. 하지만 마음속으로는 '이 회사 들어가는 게 보석을 딸만큼 좋은 일은 아닌데'하는 생각이 지워지질 않았다. 그리고 그날 저녁, 거짓말처럼 받게 된 문자 한 통.

인천유나이티드 정규직 직원에 최종 합격 되신 것을 축하드립니다. 세부 일정은 내일 중 다시 연락드리겠습니다. 감사합니다.

그렇게 또 한 번 축구가 나에게로 왔다.

2장

무엇에 끌려 이곳에 왔나? 그건 바로 내 운명

구단에서 일하다 보면 팀이 이길 때 같이 좋고,
팀이 질 때 같이 슬프다.
'내 팀'이라는 소속감을 가지고
일에 몰두하게 되는 것이다.

○

잘 키운 유망주, 프로에 입단하다

2013년 5월 6일, 나는 인천유나이티드에 입사했다. 홍보마케팅 팀으로 면접을 봤지만, 입사 날 받아든 임명장에는 무슨 까닭인지 '경기장관리 팀 신입사원 양송희'라고 쓰여있었다. 어… 그러니까, 제가 경기장을 관리…하나요?

인천유나이티드는 2012년 새로 개장한 '인천축구전용경기장'의 운영권을 인천시로부터 위탁받았다. 그러면서 2013년부터 구단 사무국에 경기장관리 팀을 신설했다. 이는 K리그 구단 중 최초였고, 내가 그 부서로 배정된 것이다.

신설된 경기장관리 팀은 전기, 건축, 소방, 설비, 잔디 관리 등 기술 분야 경력직들을 차례대로 영입했다. 그 가운데 나만 생초짜였다. 아는 게 없으니 회의 때라도 열심히 받아 적어보자 하고 비장하게 펜을 들었지만, 매번 이리저리 오가는 생소한 전문 용어의 의미는커녕 맞춤법이 뭔지도 몰라 헤매기 일쑤였다. 파워 문과인 나에게 경기장관리 팀의 업무는 미지의 세계였다. 경력직 사이에서 점점 나만 짐처럼 느껴졌고, 그야말로 자존감이 뚝뚝 떨어지는 날도 있었다.

입사 동기인 남자 직원은 나보다 5살이나 많았고, 회사에 내 또래 직원은 단 한 명도 없었다. 가장 가깝게 지내는 사람은 고등학교를 막 졸업한 뒤 나보다 1년 먼저 입사한 혜진 씨였다. 나와 혜진 씨는 여섯 살 차이가 났지만, 우리는 나이 차와 관계없이 함께 아이돌 덕질도 하며 친하게 지냈다.

아무튼 축구가 좋아 구단에 들어오긴 했는데 시작부터 가시밭길이었다. 주변 친구들보다 취업을 일찍 한 편이라 어디 물어볼 곳도 없었다. '원래 회사가 이런 것인가' 하고 꾹 참고 다녔다. 나는 많이 위축되어 있었고, 원래 나서는 것을 좋아하는 성격과는 달리 모든 게 조심스러웠다.

하지만 어려운 일만 있었으랴. 그래도 구단에 입성했다는 꿈같은 사실이 나를 설레게 했다. 무엇보다 당시 인천유나이티드에는 나를 축구에 입덕하게 만든, 아니 입덕으로도 모자라 내가 이 일을 하게 만들어준 장본인인 김남일 선수가 있었다! 그야말로 운명 같은 일이었다.

입사 후 첫 경기는 2013년 5월 8일에 열린 인천과 전북매일FC(현 전주시민축구단, K4리그 소속)의 FA컵 32강전이었다. 평일에 열린 FA컵 32강전인 만큼 경기장은 한산했다. 경영기획 팀장님은 앞으로 이런 날 없다면서, 오늘은 일하지 말고 경기를 보라고 나를 관중석에 앉혀놓으셨다. 하지만 신입사원인 나는 감히 이래도 되나 싶어서 경기 내내 좌불안석이었다.

경기는 인천의 4대1 승리였다. 세미프로팀 전북매일을 상대로 인천은 손쉽게 승리했고, 그래서인지 경기 내용은 기억이 잘 안 난다. 이날 나에게 경기보다 중요한 사건은 퇴근길에 일어났다. 퇴근길 주차장에서 무려 김남일 선수를 마주친 것이다!

이날 김남일 선수는 경기를 뛰지 않아 사복 차림이었는데, 가까이서 보자마자 어릴 적 좋아했던 감정이 별안간 튀어나오면서 심장이 쿵쾅거렸다. 다가가서 말을 걸어보고 싶었지만 이미 그는 여고생들 사이에 둘러싸여 있었다. 마치 십몇 년 전 내 모습 같았다. 나도 그 틈에 끼고 싶은 마음이 굴뚝 같았지만 그래도 '같은 팀에서 일하니까, 언젠가 한 번은 기회가 오겠지' 하고 돌아섰다.

어떤 날은 김남일 선수의 아들 서우가 경기 입장 에스코트를 하게 돼서, 경기 전 내가 서우 손을 잡고 라커룸 앞에 잠시 서 있었다. 라커룸에서 나온 김남일 선수가 서우를 보고 활짝 웃으면서 다가왔다. 물론 나는 아주 태연한 척했지만, 그 미소에 내가 다 심장이 쿵! 했다. 김남일 선수가 그렇게 웃는 모습을 본 건 처음이었다. 그의 오랜 팬이었지만 경기장에서는 김남일 선수의 터프하고 카리스마 있는 모습만 볼 수 있었기 때문이다.

그 이후로도 시즌 내내 오며 가며 김남일 선수를 마주칠 때마다 나는 한마디도 하지 못 했다. 그의 앞에만 서면 나는 작아졌다.

한편 2013시즌이 끝나고 선수단과 사무국, 팬들이 다 같이 참여하는 연탄 봉사가 열렸다. 나는 이날 눈치 싸움에 성공해 김남일 선수와 같은 구역에서 연탄을 나를 수 있었다. 물론 봉사 내내 꿀 먹은 벙어리가 되어 아주 얌전히 연탄만 날랐지만. 봉사가 다 끝나고 나서야 나는 드디어 김남일 선수에게 말을 걸었다.

“제가 사실은 어렸을 때부터 너무 팬이라… 경기장도 다니고… 싸인도 받고, 어쩌고저쩌고….”

눈도 거의 못 마주치고 속사포처럼 쏟아낸 나의 랩과도 같은 사랑 고백에 돌아온 김남일 선수의 답.

“아, 우리 직원이었어? 나는 오늘 봉사활동 하러 온 고등학생인 줄 알았네.”

○

무엇에 끌려
이곳에 왔나?
그건 바로 내 운명

인천유나이티드 입사 첫해 몸담았던 경기장관리 팀은 나에게 정말 어려운 곳이었지만, 동시에 많은 경험을 하게 해준 고마운 곳이었다. 정말이지 몸을 쓰는 별의별 일은 다 했는데, 심지어 경기장 잔디 보식까지 했다. 잔디 보식이란 경기장 잔디의 상한 자리를 보충하여 심는 일인데, 우리나라 축구 산업에서 일하는 사람 중에 직접 잔디 보식을 해본 사람이 과연 몇이나 되겠는가?

내가 이렇게 자부심을 갖는 이유는 그만큼 잔디 보식이 정말 힘들었기 때문이다. 한여름 땡볕에서 무거운 잔디 떼장을 들어 나르고, 그라운드의 빈 공간에 맞춰 넣고, 크기가 안 맞는 부분은 식칼로 잘라주고, 기존 잔디와 잘 붙어 뿌리내리도록 툭툭 두드리고…. 그리고 이 과정을 계속 반복했다.

시즌이 종료된 겨울에는 경기장 잔디 보호를 위해 넓은 그라운드를 다 덮는 차광망 설치도 했다. 손발이 어찌나 시리던지 문자 그대로 손발이 떨어져 나갈 것 같았다. 지금이야 구단에서도 이 작업을 모두 외주업체에 맡기지만, 당시에는 직원들이 직접 발로 뛰면서 했던 진귀한 경험이었다.

하지만 경기장관리 팀 일은 나와 잘 맞지 않았다. 회사에 또래는 없고, 늘 선배들 눈치만 보고, 사회생활은 여전히 뭐가 뭔지 모르겠고…. 나는 점점 소심해졌다. 고민이 많았지만 무엇보다 가장 큰 고민은 '과연 내가 이 팀을 좋아할 수 있을까?'였다. 황당하지만 나에게는 정말 중대한 고민이었다. 그도 그럴 것이 나는 입사 전까지만 해도 본가가 전주인만큼 사실 전북현대를 좋아했다. 인천에는 이름을 아는 선수도 몇 없었다. 그래서 입사하고 한동안은 인천이 경기에서 이기든 지든 아무 감흥도 없는 나날이었다.

그러던 어느 날, 인천이 파이널 그룹A 진출을 목전에 두고 중요한 경기에서 여러 차례 미끄러졌다. K리그는 2013년부터 승강제를 실시하고 있다. 1부리그인 K리그1은 정규 라운드를 거친 뒤 파이널 그룹A(상위 6개 팀)와 그룹B(하위 6개 팀)를 나눈다. 파이널 라운드에서 그룹A는 리그 우승과 AFC 챔피언스 리그ACL 출전권 획득을 위한 경쟁을 하고, 그룹B는 2부리그 강등을 피하기 위한 피가 마르는 경쟁을 한다. 때문에 K리그1 잔류가 확정되는 파이널 그룹A에 속하는 것이야말로 팀에겐 아주 중요한 일이었다.

당시 한 경기 한 경기 중요하지 않은 경기가 없었던 만큼 감독님, 선수들, 팬들 모두 예민했다. 한번은 경기 도중 심판 판정에 강력히 항의하던 김봉길 감독님이 퇴장 당하고, 팬들은 분노하는 등 팀 분위기는 어수선했다. 그러던 2013년 8월 3일, 울산과의 경기가 끝난 뒤 인천 팬들이 심판 판정에 이의를 제기하다가 급기야 심판과 면담을 요구하며 퇴근길을 막아 선 것이다. 덩달아 나도 상황이 종료될 때까지 퇴근도 못 하고 새벽 2시가 넘어서까지 직원들과 사무실에서 대기하고 있었다.

그런데 이상한 일이었다. 그간 인천 경기에 아무런 감흥도 없고, 선수단 이름도 다 못 외우던 내가 인천이 아쉽게 승리를 놓친 몇 경기를 겪는 동안 무척 화가 나는 것이었다.

'어? 이상한데? 내가 왜 이렇게 화가 나지?'

나도 모르게 나는 서서히 인천에 스며들었다. 이제야 인천 선수들의 이름이 하나하나 눈에 들어왔고, 친근감이 생겼다. 마치 내가 좋아하는 인천 서포터즈 응원가 '벨라 차오Bella Ciao' 처럼.

저 해가 지고 달이 차올라
파검의 날 발견해 나도 모르게
무엇에 끌려 이곳에 왔나
그건 바로 내 운명

인천은 나에게 운명 같았다.

2014년 1월 1일, 나는 홍보마케팅 팀으로 부서를 옮겼다. 당시 우리 팀은 총 여덟 명이었는데 나는 유일한 여자이자 막내였고, 홍보 업무를 맡게 됐다. 부서를 옮긴 것은 설렜지만, 동시에 슬픈 소식도 있었다. 내가 홍보 담당자가 되자마자 나의 우상 김남일 선수가 전북으로 이적한 것이다. 어리버리한 연탄 봉사날 인사가 첫인사이자 끝인사가 돼버렸다.

아쉬웠지만 또 매일같이 새로 입단하는 선수들의 이름과

얼굴을 외워야 했다. 2013년은 시즌 중간에 입사했으니, 2014년이야말로 본격적으로 처음부터 준비해보는 시즌이었다. 한 해 농사의 시작을 앞두고 하나하나 손이 가지 않는 곳이 없었다.

몸으로 하는 일도 정말 많았다. 경기 포스터를 들고 다니며 인천 시내 전역에 붙이기도 했다. 경기 포스터, 커터칼, 테이프를 넣은 보따리를 보부상처럼 이고 지고 다녔다. 생전 처음 보는 가게 문을 열고 들어가 “인천유나이티드 축구 팀에서 왔는데요, 경기 포스터를 붙여도 될까요?”라고 묻고 또 물었다. 당시 나의 앳된 얼굴 때문에 대부분 사장님들은 나를 구단 직원이 아니라 아르바이트생 정도로 봤다.

이후 매달 새로운 경기 포스터가 나올 때마다 가게들을 방문했다. 그러다보니 식당 사장님들은 고생한다며 먹고 가라고 과일을 썰어주셨고, 행여 내가 한동안 방문하지 않으면 구단이 망한 줄 알았다며 농담을 하기도 하셨다.

포스터 홍보는 직접 발로 뛰는 매우 1차원 적인 홍보였지만, 어쩌면 인천을 연고로 한 시민 구단에서 일하며 시민들의 목소리를 가장 가까이서 듣는 기회이기도 했다.

홍보를 맡으니 자연스럽게 선수단과도 왕래가 잦아졌다.

김봉길 감독님의 첫째 아들이 내 또래였다. 그러니까 나는 감독님의 딸뻘, 감독님은 나의 아버지뻘이었다. 그래서 내가 부탁하는 업무나 인터뷰 등에 대해 감독님은 항상 “다 된다, 다 돼”하며 기꺼이 응해 주셨고, 코치님들도 나를 어린 딸 대하듯이 편하게 해주셨다. 김봉길 감독님은 나의 요청에 단 한 번도 “NO”라고 하신 적 없는 따뜻한 분이었다.

오며 가며 보는 선수들하고도 서서히 안면을 텄다. 당시 우리 팀 주장 박태민 선수는 훈련장에 외근 온 나를 앉혀놓고는 “남자 잘 만나야 된다, 좋은 남자 만나야 된다, 그러려면 얼굴이 아니라 내면을 봐야 한다”며 진지한 조언을 하기도 했다(그런데 왜 정작 선수들은 예쁜 여자랑 결혼하는지…?).

나는 정에 약한 사람이라 인사를 살갑게 해주는 선수들이 항상 기억에 남았다. 구단 홍보물을 만들 때 그 선수 사진을 한 번 더 써줄 일 없을까를 생각하게 됐다. 점차 구단 직원들, 선수단과 가까워지면서 간혹 힘든 일이 있어도 결국은 다 사람이 하는 일이라 사람을 보며 버텼다.

이제 나도 제법 인천 냄새나는 사람이 되고 있었다.

○

워라밸의 모호한 경계

2014년 여름, 우연한 기회로 여성 잡지 〈마리끌레르〉의 인터뷰를 하게 됐다. 남초 업계에서 일하는 여성 직장인들에 대한 인터뷰였는데, 기자님은 남자들이 많은 축구단에서 일하는 나의 이력에 관심을 가졌다.

왜 이 일을 하게 됐는지부터 주로 무슨 일을 하는지, 자연스럽게 이야기가 오갔다. 그러던 중 인터뷰 말미에 기자님이 물었다.

"회사에서 이루고 싶은 꿈이 뭐예요?"

나는 한 치의 망설임 없이 반사적으로 대답했다.

"우리 팀이 파이널 그룹A에 올라가고, AFC 챔피언스리그도 진출했으면 좋겠어요."

파이널 그룹A 진출. 늘 꿈꿔오던 일이어서 내 대답은 마치 자판기처럼 누르자마자 튀어나왔다. 그러자 기자님이 의아한 표정으로 나를 바라보며 말했다.

"본인의 꿈을 묻는데 회사의 목표를 꿈이라고 말하는 게 신기하네요."

아, 미처 이상하다고 생각지도 못 한 부분이었다. 나뿐만 아니라 구단에서 일하는 직원들 대부분이 팀 성적에 영향을 받는다. 비단 인천뿐만이 아니라, 거의 모든 K리그 구단 직원들이 그렇다.

구단에서 일하다 보면 팀이 이길 때 같이 좋고, 팀이 질 때 같이 슬프다. 단순히 월급을 받는 직장의 개념을 넘어 '내 팀'이라는 소속감을 가지고 일에 몰두하게 되는 것이다. 내가 구단 직원이라는 직업을 진심으로 좋아하는 이유도 이것 때문이었다. 축구계엔 다양한 직업이 있지만, 구단 직원이야말로 오롯이 선수들과 팀의 일원이 될 수 있다. 하지만 그래서인지 워라밸work-life balance(일과 삶의 균형)의 경계 또한 모호해지기 쉽다.

보통 프로축구는 취미로 즐겨야 하는데, 이게 업무와 섞이면 자칫 과몰입 하게 된다. 나 역시 팀 성적이 저조할 때는 개인 SNS에 글을 올리는 것조차 눈치가 보였다.

'팀이 졌는데 감히 놀러 다니고, 웃고 떠드는 사진을 올려도 될까?'

왠지 경솔해 보일 것 같았다. 내가 선수를 영입한 것도, 전술을 짠 것도, 하다못해 내가 경기를 뛴 것도 아니면서 괜한 책임감이 들곤 했다.

반면 경기에 이긴 다음 날은 아침에 눈 뜨자마자 핸드폰을 더듬거리며 찾아 골 영상을 돌려봤다. 각종 포털 사이트 뉴스와 축구 커뮤니티에 달린 팬들의 칭찬 댓글만 봐도 배가 불렀다. 경기 다음 날은 쉬는 날이지만 우리 팀이 이겼을 때는 수훈 선수들 전화 인터뷰 요청으로 핸드폰에 불이 나기 일쑤였다. 그래도 너무 행복했다. 마치 승리 팀만 누릴 수 있는 특권 같았다. 나와는 아무 연고도 없던 서쪽 도시에 둥지를 틀고 이 팀과 사랑에 빠지다니. 인생은 알다가도 모를 일이었다.

물론 즐겁고 행복한 일만 있으면 좋으련만. 인생도 그러지 못 하듯, 축구도 마찬가지였다. 인천은 당시 객관적으로 강팀과는 거리가 멀었다. 때문에 저조한 팀 성적에 속상한 날들도 많았다. 특히 2014시즌에는 개막 경기였던 상주 원정에서 2대 2 무승부를 기록한 후, 무려 9경기 연속 팀에 득점이 없었다. 말 그대로 한치 앞이 안 보이는 답답한 상황이었다. 이기든, 비기든, 하다못해 지든 일단 골이라도 넣어야 하는데 그 한 골이 야속할 정도로 안 들어갔다. 게다가 나는 우리 팀 홍보물과 각종 콘텐츠를 만드는 업무를 맡고 있었는데, 골이 없으니 당연히 세리머니도 없었다. 이 말은 즉 홍보에 쓸만한 사진이나 그림이 없었다는 말이다.

그보다 더 괴로운 건 매 경기가 끝나고 진행해야 했던 공식 기자 회견이었다. 무기력한 경기 후 공식 기자 회견 자리에 감독님을 앉혀놓고, 기자들 앞에 죄인처럼 앉아 긴 한숨을 쉬는 감독님의 얼굴을 보고 있노라면 내가 더 숨이 막혔다. 괴로운 패장의 입을 열게 해야 하는 내가 악역이라도 된 것 같았다.

또 강등의 공포는 얼마나 무서운 것이었나. 팀 성적이 곤두박질치고 도저히 나아질 기미가 보이지 않을 때, 살 떨리는 '강등'이라는 단어가 턱밑까지 쫓아올 때 받는 스트레스는 어마어마했다. 이기지 못 하는 선수들이 원망스러웠다가, 또 지고 싶어서 지는 선수가 어디 있겠나 싶어 안쓰러웠다가, 왜 이렇게 우리 팀은 축구를 못하는지 속상했다가의 반복이었다.

어디 이뿐인가. 나는 내 인생에서 절대 잊지 못 할 가장 강렬한 크리스마스 역시 인천에서 보냈다. 때는 2014년 말, 시즌이 끝나고 인천은 가까스로 리그1에 잔류했다. 하지만 김봉길 감독님은 경질됐다. 이 헤어짐의 과정에서 구단과 감독님의 입장 차이로 인한 잡음이 있었고, 팬들은 그간 구단을 위해 헌신한 감독님을 이렇게 내보낼 수 있냐며 구단에 대한 원성이 자자했다. 워낙 여론이 좋지 않기도 했고, 팀 분위기를 추스르기 위해 구단은 신임 감독과 계약을 서둘렀다. 나는 윗선의 지시대로 감독 선임 보도자료를 냈다. 하지만 안타깝게도 계약은 최종 단계에서 결렬됐다. 그러니까, 이미 선임됐다고 보도자료가 나간 감독과 계약이 엎어진 것이다.

하필이면 이날은 크리스마스 이브였고, 퇴근 후 저녁을 먹고 있던 나의 전화통은 불이 나기 시작했다. 이는 나의 크리스마스가 망했음을 알리는 슬픈 전주곡과도 같았다.

"내일 국장님과 관련 팀장님들, 홍보 담당자 양송희 사원은 출근하는 걸로 하죠."

대망의 크리스마스 당일. 나는 비상사태에 대응하기 위해 사무실에 출근했다. 국장님, 관련 팀장님들까지 네 명이 컵라면에 차가운 삼각김밥을 먹으며 믿을 수 없는 크리스마스를 보냈다. 팀장님들은 머리를 맞대고 대책을 논의했고, 나는 구단 입장문을 썼다 지웠다를 반복했다. 하루 종일 입장문과 씨름했지만 상황은 아무 것도 해결되지 않았고, 마무리 되는 것 없이 일단 퇴근해야 했다. 결국 이날 퇴근 후 걸려온 업무 전화에 쌓여있던 서러움이 폭발한 나는 길에서 엉엉 울고 말았다. 어쩜 이렇게 잔인한 크리스마스가 있을까. 내 비록 기독교인은 아니지만 번쩍이는 트리와 가슴 뛰는 캐롤, 또 맛있는 음식까지 어우러진 크리스마스의 낭만을 얼마나 사랑하는데! 하지만 사람의 기억이라는 것은 참 이상하다. 이후 몇 번의 크리스마스를 보냈지만, 아직도 2014년 크리스마스가 내 머릿속에 제일 강렬하게 남아있으니 말이다.

크리스마스의 악몽 이후로도 몇 주간 인천의 감독은 공석이었다. 다른 팀은 모두 전지훈련을 떠나는데 인천만 그러지 못 했다. 언론에는 여러 감독이 인천의 신임 감독 후보로 거론됐다. 하지만 소득은 없었고, 다들 구단의 무능을 질타했다. 인천 감독으로 누가 오냐는 문의 전화는 삼시 세끼 챙기는 것보다 더 꼬박꼬박 받았지만, 나는 대답할 수 있는 말이 없었다.

매일 출근해서 확인하는 우리 팀 관련 기사와 팬들의 성난 댓글을 보는 게 무서웠다.

이후 2015년 1월 13일, 인천은 김도훈 감독님을 신임 감독으로 선임했다. 감독님 오피셜 사진을 내 손으로 직접 찍으며 '이제 됐다, 우리도 감독 있다!'하고 속으로 얼마나 안도했는지 모른다.

드디어 겨우내 겪어왔던 마음고생의 마침표를 찍는 시간이었다.

나를 울린 영상 편지

2014년 크리스마스 에피소드만 봐도 알 수 있듯, 2014년 시즌 말과 2015년 시즌 준비 기간은 정말 역대급 대 환장이었다. 시즌이 끝나면 선수들은 재충전의 시간을 갖고 새 시즌에 임한다. 마찬가지로 구단 직원들도 숨을 고르고 다시 새 시즌을 준비할 시간이 필요하다. 그러나 2014년 말과 2015년 초 사이에 인천유나이티드에는 워낙 벌어진 일들이 많았다. 나는 재충전은커녕 오히려 멘탈이 너덜너덜한 채로 쏟아지는 업무를 꾸역꾸역 해치워야 했다.

그러던 중 연맹에서 진행하던 전 구단 전지훈련 촬영 제안이 왔다. 이번에는 인천 차례였고, 촬영 팀은 우리 선수단 촬영을 위해 제주도로 떠났다. 같은 시각, 인천 사무실에 있던 나는 당일 훈련장이 A구장에서 B구장으로 바뀌었다는 중요한 사실을 (변명이겠지만 정말 너무 바빠서) 깜빡하고 전달하지 못 했다. 다행히 촬영 팀이 훈련장으로 가던 중 인천 선수단 버스를 마주쳐서 촬영이 꼬이는 대참사는 피할 수 있었지만, 미리 얘기하지 못 한 나는 죄인의 심정이었다. 죄송한 마음에 전전긍긍하는데, 쏟아지는 일은 왜 이렇게 많은지. 정말이지 일에 치여 울고 싶은 심정으로 야근을 하던 그날 저녁, 카톡으로 짤막한 동영상 파일이 하나 왔다.

> "숭의에 계신 양송희 사원님, 많이 힘들겠지만 우리 힘냅시다."

영상 속 주인공은 우리 팀 김도혁 선수였고, 촬영 팀의 노위제 PD님이 영상과 함께 덧붙여 보낸 카톡에는 "도혁이 인터뷰 끝나고 생각나는 사람한테 영상 편지 쓰라고 했거든. 그런데 뜬금없이 송희 씨한테 보낸대서"라는 설명이 있었다.

울컥.

그때 느낀 감정을 어떻게 글로 적을 수 있을까. 그날 몇 초 되지도 않는 영상 편지를 몇 번이나 돌려보며 얼마나 큰 위로를 받았는지 모른다. 이미 수년 전 일이고, 정작 두 사람은 기억 못 할 수도 있는 스쳐 지나간 일이다. 하지만 나는 지금도 노PD님과 김도혁 선수를 보면 그날이 떠오른다. 이 동영상도 여전히 내 외장 하드에 고이 저장되어 있다. 예상치 못 한 곳에서, 예상치 못 한 순간에 가슴으로 툭 쏟아지는 위로가 지닌 힘은 어마어마하게 컸다.

어쩌면, 항상 구단에서 일하는 동안은 그랬다. 힘든 날도 많았지만 그럴 때일수록 우리는 서로의 위안이었다.

○

그 시절, 우리가 좋아했던

인천에서 일하는 동안 가장 기억에 남는 시즌, 또는 가장 인상 깊은 경기, 좋아했던 선수 등을 떠올려보면 신기하게도 모든 것들이 2015년이라는 울타리에 들어가 있다. 가장 힘들게 시작해서 가장 행복하게 끝났기 때문일까?

2015시즌을 앞두고 팀의 재정난 때문에 선수들이 줄줄이 나갔다. 전 시즌 주장 박태민과 부주장 구본상이 나란히 나갔고, 에이스였던 미드필더 이보가 중국으로 떠났다. 이석현, 문상윤, 남준재 같은 주축 선수들은 모두 다른 팀으로 뿔뿔이 흩

어졌고, 안재준, 배승진, 최종환은 군 입대를 했다. 거의 시즌 베스트11이 통으로 날아갔다고 봐도 무리가 없을 정도였다.

게다가 김봉길 감독님이 나간 후 새 감독을 구하지 못 한 까닭에, 남들은 다 전지훈련 떠날 때 우리 팀은 인천에 발이 묶여 있었다. 마치 선장을 잃고 인천 앞바다에 둥둥 떠 있는 난파선 같았다. 당연히 언론과 팬들의 성난 민심은 들끓었고, 나는 매일 아침 출근해서 축구 기사와 우리 팀 SNS에 달린 댓글을 보는 게 겁났다. 당시에는 그 악플을 보는 것만으로도 내가 악플을 받은 것처럼 마음에 상처를 받았다. 나도 궁금했다. 대체 우리 팀에 누가 감독으로 올까?

그렇게 끝이 보이지 않던 차가운 겨울, 인천은 김도훈 감독님을 선임했다. 그간 얼마나 마음고생이 심했는지 '팀에 감독님이 있는 게 이렇게 좋은 것이로구나' 하는 생각이 절로 들었다. 시작은 조금 늦었지만 우리도 선수를 영입하기 시작했다. 유명하지 않아도 가능성이 있는 알짜배기 선수들이었다. 그들에게는 간절함이라는 공통점이 있었다.

개막을 앞두고 올해 인천의 전술 콘셉트를 묻는 질문에 김도훈 감독님은 "늑대들이 무리지어 호랑이를 잡듯이, 조직력을 바탕으로 강팀을 잡는 축구를 할 것"이라고 설명했다. 이른바 '늑대 축구'였다. 하지만 여전히 외부의 시선은 차가웠다. 언론과 축구 팬들은 모두 입을 모아 올해 강등 팀은 인천이 될 것이라 예상했다.

2015년 3월 7일 개막전, 인천은 홈에서 광주를 상대로 2대2로 비기며 나름 순조로운 출발을 했다. 이후 바로 다음 경기인 수원 원정에서 2대1로 지긴 했지만, 곧바로 전북, 서울, 포항, 울산 등 강팀들을 차례대로 만나 끈끈한 조직력을 바탕으로 무승부를 기록했다(사실 지지 않은 것만으로도 기적같았다). 나쁘지 않은 경기력과 별개로 승리는 좀처럼 잡힐 듯 말 듯 잡히지 않았다. 그래도 다행인 건 경기를 치를수록 팀의 손발이 맞아가는 게 보였다.

4월 29일, 홈에서 부천을 상대로 열린 FA컵 32강전에서 드디어 시즌 첫 승을 신고했다. 리그 경기도 아니었고 부천은 2부리그 팀이었다. 하지만 중요한 건 드디어 승리를 맛본 우리 선수단의 사기였다.

FA컵에서 승리를 거두자 거짓말처럼 팀이 승승장구하기 시작했다. 이후 리그에서 대전, 제주, 부산을 차례대로 만나 모두 승리하며 리그에서만 단숨에 3연승을 기록했다. 훈련장만 나가도 팀 분위기가 좋은 게 느껴졌다. 불과 몇 달 전 만해도 유력한 강등 후보로 손꼽혔던 팀이 이제 파이널라운드 그룹A 진출을 노리고 있었다. 그야말로 기적이었다. 인천은 어느 팀을 만나도 쉽게 지지 않는 끈끈한 조직력을 바탕으로 시즌 초에 장담했던 '늑대 축구'를 선보였고, 그룹A의 마지노선인 6위권을 아슬아슬하게 맴돌며 기대감을 키웠다.

정규 라운드 마지막 경기는 10월 4일 성남 원정이었다. 날씨는 제법 쌀쌀한 가을의 초입이었고, 선수단과 직원, 원정 응원을 온 팬들 모두 큰 경기를 앞두고 비장함마저 감돌았다. 이 경기에서 인천은 무승부만 해도 그룹A에 올라갈 수 있지만 방심은 금물이었다. 축구에서 '무승부만 해도'라는 유리한 가정법이 얼마나 무서운 것이라는 걸, 우리는 여러 차례 보고 듣고 또 몸으로 겪어온 경험을 통해 알고 있었다.

안정적인 경기 운영이 중요했던 인천은 5백 수비를 선보이며 성남의 공격을 전반 내내 잘 버텨냈다. 하지만 후반 27분, 골키퍼 조수혁이 성남 공격수 박용지와 무릎이 부딪히는 부상을 당한 뒤 일어나지 못 했다. 결국 조수혁 선수는 교체 사인을 보내며 경기장에 주저앉아 눈물을 흘렸고, 그렇게 그라운드를 떠났다. 경기 후 알려진 조수혁 선수의 부상은 후방십자인대 파열이었고, 이로써 시즌 아웃이 되고 말았다.

조수혁 선수가 떠난 그라운드에 들어온 건 얼떨결에 이날 첫 데뷔전을 치르게 된 프로 2년 차, 21살 이태희 선수였다. 교체로 들어간 이태희 선수는 좋은 모습을 보였고, 후반 35분이 지날 무렵까지 0의 흐름이 이어지자 몇몇 우리 직원들은 준비해온 '인천유나이티드 그룹A 진출 확정' 축하 현수막을 들고 그라운드로 내려가고 있었다.

하지만, 그라운드로 내려가던 직원들은 다시 발길을 돌려야 했다. 잘 버티던 인천이 결국 후반 37분 성남 황의조 선수에게 골을 내준 것이다. 경기 종료 휘슬이 울릴 때까지 더 이상의 기적은 일어나지 않았다.

경기는 1대0으로 막을 내렸다.

파이널라운드 그룹A에 오르기 위한 인천의 도전도 끝났다.

경기 후 나는 김도훈 감독님과 공식 기자 회견에 가기 위해 라커룸 앞에 서 있었다. 라커룸 안에 들어갈 수는 없었지만, 그 앞에만 서있어도 어찌나 공기가 무거운지 숨이 다 막혀왔다. 모두의 표정은 어두웠고 그 누구도 어떤 말도 하지 않았다. 나 역시 감독님과 대화 없이 굳은 얼굴을 한 채 기자 회견장으로 이동했다.

김도훈 감독님은 기자 회견장 앞자리에 앉고, 나는 맨 뒤에서 있는데 기자 회견이 시작하자마자 왈칵 눈물이 터졌다. 손에 들고 있던 외투로 얼굴을 가리고 계속 소리 없이 우느라 기자 회견을 들을 수가 없었다(이날 나도 우느라 정신없어서 나중에 기사를 보고서야 알았지만, 기자 회견장에서 김도훈 감독님 역시 눈물을 꾹꾹 참느라 고개를 떨구고 본인의 허벅지를 두드려가며 말을 잇지 못 했다고 한다).

기자 회견이 끝날 무렵, 어느 기자 한 분이 조수혁 선수의 부상에 대해 질문을 했다. 그 질문에 어렵게 입을 뗀 김도훈 감독님은 애써 참아오던 눈물이 아닌 울음을 터뜨렸고, 그렇게 마지막 질문의 답변을 마무리하지 못 한 채 기자 회견은 끝났다. 애써 눈물이 멈췄던 나도 다시 울음이 터지고 말았다. 감독님과 나는 두 눈이 새빨개진 채로 나란히 기자 회견장을 빠져나왔다. 감독님은 내 어깨를 두드리면서 수고했다고 했다. 축구장에서 이렇게 많이 운 날은 정말이지 처음이었다.

그렇게 눈물을 한 바가지 흘린 채 경기장 밖을 빠져나왔는데, 이상하게도 온 세상이 태연했다. 우리는 방금 안타깝게 파이널 그룹A 진출을 놓치고, 항상 벤치를 지키다가 이제 겨우 빛을 보던 우리 팀 골키퍼가 시즌 아웃을 당하고, 모두가 나라 잃은 사람처럼 침통했는데 경기장 밖으로 딱 한걸음 나오자 세상은 놀랍도록 그대로였다.

'우리가 방금 겪었던 90분이 허구였나?'

그 많은 눈물을 다 경기장에 쏟아내고 더 이상 비워낼 것도 없었는지 오히려 홀가분했다. 경기장에서의 아쉬움은 경기장에 다 묻어두고 왔다. 우린 잘 싸웠고, 여기까지 온 것도 기적이었다. 리그 잔류조차 사치처럼 여겨지던 추운 겨울을 보내고 난 후, 인천의 여름은 가슴 벅차게 뜨거웠다. 그렇다 보니 처음엔 기대조차 못 했던 일이었는데, 예상 밖으로 팀이 승승장구 하면서 조심스레 그룹A 진출이라는 행복한 욕심을 부려보기도 했다. 하지만 우리의 기적은 거기까지였고, 아직 시즌이 끝난 게 아니니 남은 일정들을 해나가야 할 차례였다.

이후 인천은 6위 자리에서 내려왔고, 남은 경기들은 그룹B에서 싸웠다. 그룹A를 향해 올라가는 과정은 긴장의 연속이었다. 손에 땀을 쥐느라 경기를 제대로 볼 수가 없었고, 그래서인지 어떤 날은 90분을 버티는 것이 괴로워서 '축구가 원래 이렇게 고통스러운 것인가?' 하며 경기를 봤다. 그런데 그룹B에 안착한 이후에는 이미 강등권과는 격차를 벌렸기 때문에 잔여 경기의 성적이 사실상 큰 의미가 없었다. 덕분에 오랜만에 아주 편한 마음으로 경기를 볼 수 있었다. 이때는 또 '축구가 원래 이렇게 편한 것인가?' 하면서 봤다.

인천은 파이널 라운드 다섯 경기에서는 1승 3무 1패로 무난한 성적을 기록하며 최종 순위 8위로 시즌을 마무리했다. 하지만 그해 감독실의 순위표 속 인천은 시즌이 끝날 때까지 6위 자리에 머물러 있었다. 그게 어떤 의미인지 아는 나는 그 순위표를 볼 때마다 마음 한 켠이 찡해졌다. 아마 김도훈 감독님은 그 순위표에 손을 대지 않음으로써 우리의 기적의 순간을 그 안에 간직해놓지 않으셨을까.

이렇게 멋진 2등이라니

정규리그는 8위로 끝났지만 아직 FA컵이 남아있었다. 그해 팀의 시즌 첫 승을 안겨줬던 FA컵은 인천에게 결승 진출이라는 선물까지 줬다. FA컵 결승 상대는 당시 강팀 서울이었고, 결승전은 서울 원정에서 단판이었다. 인천에게 또 언제 주어질지 모르는 FA컵 결승 진출에 직원들도 덩달아 바빠졌다. 결승전과 관련된 다양한 이벤트를 준비하며 몇 주째 회사에 갇힌 사람처럼 매일매일 야근했다.

결승전 하루 전날, 업체에 주문해 둔 현수막 두 개가 도착했다. 현수막을 감싼 걸 비닐에는 각각 우승, 준우승이라고 써있었다. 우리는 내일 어떤 현수막을 펼칠 수 있을까?

10월 31일, 결승전 날 아침은 추웠다. 구단은 '비상 원정대'를 만들고 열 대가 넘는 버스를 대절해 팬들과 함께 적진 서울월드컵경기장으로 떠났다. 원정팀 구역인 서울월드컵경기장의 S석은 공기마저 비장했고, 그곳을 가득 메운 인천 팬들의 파란 물결은 가슴을 웅장하게 했다. 이윽고 선수단 입장과 동시에 팬들은 웅성거렸고, 내 핸드폰은 몇몇 기자 분들의 카톡이 쏟아졌다.

"김인성 얼굴 왜 그래요?"

그도 그럴 것이 하필 결승 이틀 전 우리 팀 주전 공격수였던 김인성 선수가 훈련 중 상대방 팔꿈치에 얼굴을 부딪혀 코뼈가 부러졌었다. 경기 전 소문이 새어나가지 않게 내부에서 단단히 입단속을 했으니, 결승전 날 별안간 얼굴 반 이상을 가린 보호 마스크를 착용하고 나온 김인성 선수 때문에 모두 깜짝 놀란 것이다.

주전 공격수의 부상에도 우리는 팽팽한 경기력으로 서울과 맞서 싸웠다. 하지만 전반 33분 서울 다카하기 선수의 골이 터졌다. 1대0으로 뒤진 채 전반을 마쳤고, 후반에 돌입하고도 이 흐름은 계속됐다. 후반 16분, 공격진에 변화를 주기 위해 인천은 이효균 선수를 투입했다. 후반 26분 김대경 선수가 문전으로 길게 올린 크로스를 케빈 선수가 헤더로 떨궈냈고, 혼전 상황에서 이효균 선수가 터닝슛으로 득점을 성공시켰다.

1대1. 믿을 수 없는 동점 골이었다! 모두가 환호했고 나도 인천 팬들에 뒤섞여 제정신이 아니었다. 하지만 기적도 잠시, 후반 43분과 추가시간 서울 아드리아노 선수와 몰리나 선수에게 연속 골을 내주며 경기는 3대1로 막을 내렸다.

준우승.

우승을 목전에 두고 놓친 것은 아쉬웠지만, 냉정히 말해서 여기까지 온 것만 해도 기적이었다. 인천은 충분히 잘 싸웠고, 특히 강팀 서울을 상대로 90분 내내 끌려다니는 경기가 아니라 1대1 상황까지 만들고 잠시나마 몰아붙이기까지 했다.

나는 눈물 흘리지 않았다. 우승을 놓친 것은 아쉬웠지만 인천의 모든 과정이 아름다웠고, 후회는 없었다. 우리는 우리의 모든 것을 경기장에 쏟아냈다. 선수들은 경기장에서, 직원과 팬들은 관중석에서. 2등은 아무도 기억하지 않는다지만 나는 이렇게 멋진 2등을 본 적이 없다.

경기를 마치고 이날도 변함없이 기자 회견에 가기 위해 라커룸 앞에서 김도훈 감독님을 기다렸다.

"양송희 씨, 오늘은 안 우네?"

"감독님도 오늘은 안 우시네요?"

이 말을 주고받으며 우리는 조금 웃었던 것도 같다. 이후 인천에서 몇 시즌을 더 일했지만 내가 유일하게 외장 하드에 영상을 보관하고 있는 경기가 바로 이 FA컵 결승전이다. 경기 날은 눈물이 안 났는데 이상하게 그 이후로는 이 경기 영상을 볼 때마다 눈물을 흘린다. 매번 볼 때마다 그날의 기억이 얼마나 생생한지. 화면에 선수 명단이 나올 때부터 눈물 그렁그렁, 선수들이 입장하면 눈물 뚝뚝, 골 들어갈 때는 아주 흑흑. 비록 우승컵은 들어 올리지 못 했지만, 많이 힘들었던 시간을 보내온 인천에게 주어진 보상 같은 경기여서 그런 것 같다.

이 밖에도 2015시즌은 유독 추억이 많아서 얘기를 꺼내기 시작하면 한도 끝도 없다. 이때의 소중한 추억은 이후로도 인천에서 일하는 동안 힘들고 지치는 순간이 올 때마다 항상 나를 버티게 해주는 힘이었다.

이렇게 뜨거웠던 날이 내 생에 또 올까.

결국 사람이 하는 일

K리그는 1부리그인 'K리그1'과 2부리그인 'K리그2'로 나뉘어 있다. 1부에는 12개, 2부에는 10개 팀이 있으며, 매 시즌 K리그1 최하위 팀은 자동 강등이 되고, K리그2 최상위 팀은 자동 승격을 한다. 그 외에 K리그1 하위권 팀과 K리그2 2~4위권 팀은 플레이오프를 거쳐 승강 플레이오프를 실시한다.

이 22개의 팀은 제각각의 색깔과 사연이 있다. 내가 일하는 동안, 그리고 이 글을 쓰는 현재까지도 인천이 속해 있는 K리그1에는 내로라하는 국가대표급 선수단을 보유하고 우승을 밥 먹듯이 하는 팀도 있고, 매번 살얼음 같은 강등권을 맴도는 팀도 있다. 슬프게도 인천은 후자에 가까운 팀이었다. 비록 강팀은 아니었지만 그래도 끈끈한 경기력을 자랑했다. 항상 벼랑 끝에서도 악착같이 1부리그에 살아남는 인천의 팀 컬러를 보고 사람들은 '생존왕'이라 부르기도 했다.

물론 나도 인천에 있는 동안 리그, FA컵 우승을 하거나 아니면 리그 상위권 팀만 참가할 수 있는 AFC 챔피언스리그에 나가봤으면 좋겠다는 상상의 나래를 몇 번이고 펼쳤다. 하지만 현실은 냉혹했다. 강팀에서 일했다면 더 높은 무대를 경험할 수도 있고, 그만큼 더 달콤한 승리도 많이 맛봤을 것이다. 다만 세상에 1등만 있을 수 없는 것처럼, 우리의 역할이 1등이 아니었을 뿐이다.

인생에도 숫자가 전부가 아니듯, 축구단도 성적이 (매우 중요하기는 하지만) 전부는 아니다. 이 세상의 모든 일은 사람이 하는 것이고, 결국 축구단을 구성하는 것도 사람이다. 나도 축구단을 구성하고 있던 한 사람으로서 그 안에서 수많은 사람들을 만났다. 함께 한 시간이 길어질수록 다들 정이 들기 마련이다. 선수들과는 경기 날이나 훈련장에서도 만나지만, 인터뷰나 봉사활동 등 외부 행사에서도 항상 보게 되니 자연스럽게 친해진다. 인터뷰 준비를 하며 나 혼자 무거운 짐을 옮기고 있으면 슬그머니 와서 도와준다거나, 해외 전지훈련을 다녀와서 작은 선물을 준다거나 하는 경우도 더러 있었다.

하지만 프로의 세계는 냉정하기도 하다. 한 시즌 동안 한솥밥을 먹으며 살을 맞댄 가족이어도 다음 시즌 언제든지 서로의 이해관계에 맞춰 다른 팀으로 떠나기도, 또 떠난 자리에 새로운 이가 오기도 한다. 특히 인천의 구단 재정이 최악으로 어려웠던 2013~2015년에는 시즌이 끝날 때마다 선수단의 반이 훌훌 떠났다.

선수들과 1년 내내 부대끼면서 지내다 정 붙일만 하면 떠나는 게 아쉬워서 처음에는 눈물이 다 났다. 시즌이 끝나고 선수들이 하나둘 사무국에 찾아와 인사하고 가는 날이면 마음이 헛헛했다.

"선수들이 정들만 하면 다 떠나는 거 너무 속상해."

당시 인천 구단의 명예기자를 몇 년째 하고 있던 동생(현재는 인천 직원인) 상민에게 우울한 얼굴로 속상함을 털어놨다. 그러자 상민이가 쿨하게 말했다.

"처음에는 저도 그게 아쉽고 속상했거든요? 그런데 이제 마음 비웠어요. 장점도 있더라고요. 다들 그렇게 떠나니까 모든 구단마다 아는 선수가 생겨요. 그래서 시즌 치르면서 어느 팀을 만나도 아는 선수가 한 명씩은 있고, 그렇게라도 보면 또 반갑고요."

이런 슈퍼 우문현답을 봤나. 신박한 발상의 전환이었다.

그 이후로 홈경기 날 상대 원정팀에 아는 선수가 있으면 말 그대로 버선발로 뛰어갔다. 상대 팀 선수들이 버스에서 내릴 때 마중을 하며 아는 척을 하면 선수도 그렇게 반가워했다. 그날 우리는 경기가 시작하면 싸워야 하는 적이었지만, 경기 전까지는 웃으며 옛정을 떠올리고 서로의 안부를 주고받는 옛 동료였다.

수많은 선수들과 만나고 헤어졌지만, 파란만장했던 시즌 덕분인지 2015시즌에 함께 했던 선수들이 가장 많이 기억에 남는다. 2015시즌에는 예산을 줄이기 위해 애당초 외국인 선수 영입 계획이 없었다. 그러다 막판에 크로아티아 수비수 요니치, 벨기에 공격수 케빈을 영입했다. 갑자기 결정된 영입이었던터라 준비된 선수단 통역도 따로 없었다. 그래서 훈련 중에는 영어를 할 줄 아는 김원식 선수가 두 선수를 도왔고, 인터뷰나 행사 때는 내가 따라다니며 통역을 했다.

그렇다 보니 재밌는 에피소드도 있었다. 하루는 초등학교에서 사회공헌활동 행사가 있는 날이었다. 헌데 케빈, 요니치 두 선수만 나타나지 않는 것이었다. 급하게 연락해봤더니 같은 이름의 중학교에 가있는 게 아닌가. 조수혁 선수 차를 얻어 타고 부랴부랴 둘을 데려왔던 기억이 난다.

특히 공격수 케빈은 포지션 상 골을 넣을 가능성이 높은 만큼, 행여 경기 후 공식 인터뷰가 잡힐수도 있었다. 때문에 나는 거의 모든 원정 경기를 다 따라다녀야 했다. 한번은 오랜만에 주말을 맞아 전주 본가에 내려가 쉬고 있었다. 그런데 갑자기 나도 전남 원정 경기에 따라 가야 한다고 결정이 난거다. 이날은 결국 팀장님들이 인천에서 전남으로 내려가는 길에 전주까지 와서 나를 픽업해가셨다.

수비수 요니치 선수는 2015, 2016 두 시즌 동안 인천에서 뛰었다. 당시 인천의 성적이 상위권도 아니었고, 요니치 선수가 K리그 경력이 있었던 것도 아니었다. 그러나 그는 두 시즌 연속 수비 부문에서 베스트11 상을 탔다. 그야말로 대단한 선수였다. 한국어도 금새 늘었다. 인터뷰 자리에서 내가 통역을 해주던 중이었는데, 어떤 질문은 요니치 선수가 먼저 이건 알아들었다며, 술술 대답하기도 했다. 물론 대답은 영어로 했지만, 한국어 질문을 알아듣는 수준이 된 것이 너무 신기했다.

2016시즌이 끝나고 아쉽게도 요니치 선수는 J리그 세레소 오사카로 이적하게 됐다. 구단에 마지막 인사를 하러 온 요니치 선수를 데리러 나는 지하 1층 주차장으로 내려갔다.

"송희, 굿 모닝."

요니치 선수의 인사에 나는 "배드 모닝"하고 툴툴댔다. 요니치 선수는 웃으며 왜냐고 물었지만 나는 "네가 J리그로 가니까!"하고 장난스럽게 눈을 흘겼다. 이후 요니치 선수는 단장님과 함께 훈훈한 덕담을 주고받고, 우리 직원들의 따뜻한 환송을 받으며 떠났다.

된장찌개를 좋아하고 한국을 사랑하던 남자, 요니치. 이적 후 이듬해 새해에도 잊지 않고 새해 복 많이 받으라는 카톡도 보내줬던 요니치 선수. 짧은 안부 인사가 어찌나 고마웠는지 모른다. 이후 2017년 일본으로 세레소 오사카 경기를 한번 보러간 적이 있었다. 하지만 팬들이 워낙 몰려있고, 경기장과 관중석의 거리도 멀어 따로 인사를 할 기회는 없었다. 언젠가 돌고 돌아 한번 다시 볼 수 있으려나. 그땐 '배드 모닝'이 아닌 '굿 모닝'하고 인사하고 싶은데.

○

그럼 계약직인가요, 정규직인가요?

여느 회사처럼 구단 사무실로도 종종 카드사에서 재직 확인 전화가 온다. 고객의 신용카드를 발급하기 전에 실제 직장에 재직하는 사람이 맞는지 확인하는 절차다. 내가 인천에 입사한 지 얼마 되지 않았을 때였다. 수화기 너머 카드사 상담사분은 재직 확인차 연락했다며, 인천 선수 중 한 명 이름을 물어왔다.

"네, 저희 선수가 맞아요."

"직책이 어떻게 되실까요?"

"축구 선수예요."

"그럼 계약직인가요, 정규직인가요?"

한 번도 생각해 본 적 없는 질문이었다. 잠시만 기다리라고 한 뒤 선수단 지원팀 선배 자리로 후다닥 뛰어가서 "축구 선수가 계약직이에요, 정규직이에요?" 물었다. 돌아온 답변은? 바로 '계약직'이었다.

나는 엄청난 비밀을 알게 된 사람처럼 놀랐다. 당연히 축구 선수는 어느 구단을 가든 구단과 계약 시기가 정해져 있으니 계약직으로 보는 게 맞다. 나라에서 정해놓은 정년이 보장되는 직업이 아니니까. 하지만 그 당시 나는 계약직과 축구 선수를 동일 선상에 놓는 게 와닿지 않았다. 계약직이라는 단어 뒤에는 '고용의 불안정'이 떠오르고, 축구 선수라는 단어 뒤에는 '화려함, 부유함'이 떠올라서 이 둘의 성질이 도저히 맞지 않다고 생각했기 때문이다. 그도 그럴 것이 구단에서 일하는 동안 나의 1년 연봉이 한 달 월급인 선수들도 있었다. 또 선수들의 외제 차로 가득 찬 주차장은 심심치 않게 볼 수 있는 광경이었다. 물론 축구 선수들이 많은 연봉을 받으며 최고 기량을 유지할 수 있는 전성기가 짧은 것은 잘 안다. 하지만 그들은 전성기 동안 보통의 직장인들은 평생 만질 수도 없는 돈을 벌기도 한다.

이런 모습을 아주 가까운 거리에서 지켜보면 참 많은 감정과 생각이 오간다. 경기장 안에서 선수들의 몸을 던지는 플레이는 수많은 관중들의 박수와 환호를 받는다. 팬들은 그들의 몸짓 하나하나에 기꺼이 그들의 지갑을 열었고, 선수들은 그에 합당한 보상을 받는 것이다. 그런데 프로에 오기까지 얼마나 뼈를 깎는 고통이 필요한지, 프로에 온 뒤에도 그 자리를 유지하기까지 모든 과정이 얼마나 힘든 것인지에 대해서는 잘 알려져 있지 않다. 어느 자료에 따르면 초등학교 때 축구를 시작해서 프로 축구 선수가 될 확률이 1퍼센트도 안 된다고 한다. 그러니까 나와 인천에서 만난 선수들은 모두 그 말도 안 되는 확률을 뚫고 이 자리에 온 사람들이다.

프로에 온다고 끝이 아니다. 나는 매년 새로 들어오는 신인 선수 대여섯 명의 사진을 찍고, 보도자료를 쓰고, 이름을 외운다. 그러나 그중 반 이상은 1년에 한 경기도 못 뛰고, 그 다음 해에 떠나는 모습도 많이 봤다. 최근에야 K리그에 22세 이하 의무 출전 제도가 확대되면서 신인 선수들에게 더 많은 기회가 주어지긴 하지만, 그만큼 프로는 현실적이고 냉정한 세계였다.

모든 스포츠가 그렇듯이 축구도 항상 상대편과 경쟁해서 이겨야 한다. 그리고 그 경쟁에 나가기 위해서는 먼저 팀 내 같은 포지션과의 경쟁에서 이겨야만 주전으로 뛸 수 있다. 말 그대로 경쟁의 경쟁의 경쟁인 셈이다. 또한 선수로서 좋은 기량을 유지하는 기간 역시 길지 않다. 겉은 화려하지만, 실상은 끊임없이 본인의 몸을 괴롭히며 많은 고생을 감수해야 한다. 축구 구단에서 일을 하기 전에는 막연하게 '축구 선수들은 항상 운동을 하니까 건강할 것'이라 생각했었다. 그러나 현실은 전혀 그렇지 않았다. A선수는 의자에 똑바로 앉아 있지도 못 해서 항상 발을 올리고 앉아야만 했다.

"처음 만난 여자와 소개팅 같은 거 할 때는 어떻게 해요?"

걱정 반 장난 반으로 물어보자 A선수는 웃으며 말했다.

"양해를 구하고 이렇게 발 올리고 앉아야죠, 뭐."

그는 다행히 양해가 잘 구해졌는지, 지금은 결혼해서 예쁜 아기도 낳고 잘 산다. 한번은 새 구두를 신고 발가락이 까져 밴드를 붙이는 나를 보고 B선수는 호들갑 떤다며, 성한 곳이 하나 없는 자신의 발을 보여주기도 했다.

그들이 얼마나 큰 대가를 치르고 그 자리에 있는가. 겉모습은 화려하지만 그 뒤에는 얼마나 많은 땀방울과 상상조차 못 할 노력과 헌신이 쌓여야만 하는가. 선수들이 온몸으로 만들어낸 이야기가 모여 오늘도 축구의 세계는 돌아간다.

○

칭찬은 양송이버섯도 춤추게 한다

구단 홍보팀에서 일하다 보면 종종 언론사에서 선수들을 대상으로 하는 설문 조사 요청을 받곤 한다. 보통 내가 직접 선수들에게 설문지를 돌리거나 선수단 매니저를 통해 부탁하고는 했다. 인천은 구단 사무국과 선수단 훈련장이 붙어 있지 않다. 그래서 나는 훈련장에 갈 일이 있으면 그날 선수단과 할 일을 한번에 몰아서 하기도 했다. 코칭스태프 전달 사항이나, 선수들 사진을 찍거나 이벤트용으로 필요한 싸인을 받는 일 등등 말이다.

어느 날, 한 기자분이 선수단 설문 조사를 요청했다. 마침

훈련장 갈 일이 있었던 나는 이번에도 할 일을 한꺼번에 다 하고 오자는 생각에 준비를 서둘렀다. 요청을 받은 지 반나절도 안 되어 설문을 후다닥 끝냈고, 결과를 바로 기자분께 보냈다.

> 설문 조사를 이렇게 빨리 처리해주시다니 감사합니다. 제가 기자 생활 20년째인데, 이런 귀찮은 부탁을 이렇게 빨리 처리해준 경우는 처음이네요. 송희 씨 일 솜씨 인정합니다. 송희 씨 같은 젊은 직원들이 있기에 K리그에 희망이 있어요.

기자님의 카톡을 받고 놀라고 말았다. 사실 내가 한 일은 단순히 선수단 설문 조사 결과지를 보낸 것뿐이었다. 게다가 응답은 선수들이 했는데…. 이렇게 큰 칭찬을 받아도 될지 얼떨떨했다. 하지만 칭찬은 기분 좋은 일이었다. 얼마나 감사했는지 그 카톡을 캡처한 뒤 두고두고 열어봤다. 심지어 여러 차례 핸드폰을 바꾼 지금까지도 핸드폰 앨범에 담아서 고이 간직하고 있다. 이후로도 일하는 동안 오며 가며 그 기자분을 볼 때면 나 혼자 얼마나 내적 친밀감을 느꼈는지 모른다. 나와는 나이 차이가 꽤 많이 나는 분이라 편하게 대하기 어렵기도 해서 감사의 마음을 따로 내색한 적이 없었다. 그분은 내가 이런 마음을 갖고있는지 전혀 모르신다. 언젠가 기회가 되면 꼭 말씀드려야겠다.

비슷한 일은 또 있었다. 2015년 5월, 포항과 인천의 경기에 KBS 공중파 중계가 잡혔다. 이 경기는 한 시대를 풍미한 대한민국 대표 공격수인 인천 김도훈 감독과 포항 황선홍 감독의 지도자로서 첫 맞대결이라 화제를 모았다. 연맹에서도 이 경기의 흥행을 위해 신경을 많이 써 줬다. 그 결과 축구회관에서 경기 전 기자 회견을 하게 됐다. 그간 매 홈경기 후 양 팀 감독의 경기 총평 등을 듣는 기자 회견은 매번 진행했었다. 하지만 규모가 더 큰 축구회관에서의 기자 회견은 처음이라 꽤 긴장됐다.

기자 회견이 시작되고 나는 무슨 정신으로 진행을 했는지 모르겠다. 뭐, 양 팀 감독님 사진 포즈 취해 달라, 소감 말해 달라, 승리 공약 해달라 등등… 쉴 새 없이 질문을 주고받았다. 마침내 기자 회견이 끝나고 행사장을 정리하던 중이었다. 기자 회견 내내 맨 앞줄에 앉아있던 KBS 아나운서 한 분이 나에게 다가왔다.

"기자 회견 진행하셨죠? 어쩜 이렇게 진행을 잘하세요? 처음엔 아나운서인 줄 알았어요."

"네… 네? 감사합니다."

사실 나는 대학생 때 스포츠 아나운서에도 관심을 가졌던 터라 잠깐 아나운서 학원을 다녔던 적이 있다. 당시에는 학원을 가는 것 자체가 쑥스러웠다. TV에 나오는 아나운서는 대부분 연예인 못지않게 예쁜 사람들이고, 그에 비해 나는 정말 평범한 사람이니까. 아나운서 학원을 등록하는 것 자체가 나에게는 높은 문턱을 넘는 것처럼 느껴졌다. 이후 큰 용기를 내어 학원에 다니고 기초반은 수료했지만, 실력 있고 예쁜 수강생들을 보며 나는 서서히 자신감을 잃고 스포츠 아나운서의 꿈을 접었다. 그 후로 아나운서에 대한 미련이 없었는데, 현역 아나운서의 칭찬을 받자 힘이 났다. 마치 〈쇼미더머니〉에서 합격 목걸이라도 받은 느낌이랄까.

이런 기분 좋은 경험 덕분에 나에게도 '칭찬을 아끼지 말자'라는 신조가 생겼다. 진심 어린 칭찬 한마디가 주는 오랜 따뜻함을 공유하고 싶어서다. 칭찬을 아끼지 말자, 그리고 많이 나누자. 칭찬의 힘은 생각보다 더 크고 단단하니까.

○

1년을 축구 달력으로 사는 사람들

업무마다 조금씩 차이는 있지만, 보통 구단은 시즌 내내 바빴다가 11월 중순쯤 시즌이 끝나고 나면 한가해진다. 그럼 11월 중순부터 12월 말까지는 조금 여유 있게 한 해 사업을 마감하며 숨 고르기를 한다. 그러다 해가 바뀌고 다시 1월이 되면 슬슬 새로운 시즌을 준비한다. 경영기획 팀은 구단의 예산과 사업 계획 준비를, 선수단지원 팀은 새로운 선수 영입이나 선수단 구성, 전지훈련을 지원하고, 홍보마케팅 팀은 새로운 홍보, 마케팅 사업을 준비한다.

2월은 그야말로 전쟁이다. 모든 게 다 새로운 출발선에 있고 눈물 나게 바쁘다. '어떻게 이렇게 바쁠 수 있지? 이게 가능한가?' 하면서 일을 한다. 마치 일이 턱밑까지 나를 쫓아오는 느낌이다. 나는 매일 아침마다 오늘 할 일을 노트에 적어놓고, 마무리가 될 때마다 하나씩 줄을 그어가며 일을 한다. 그런데 이때는 아무리 줄을 그어도 일이 다 끝나지를 않는다. 일 하나를 끝내면 일 두 개가 늘어나는 기적의 셈법이 적용된다. 개막을 앞둔 딱 몇 주간의 업무 강도는 정말 정점을 찍는다.

그렇게 3월 개막전 준비까지는 업무에 치여 지옥을 두어 번 다녀온다. 그래도 개막전을 치르고 나면 조금은 루틴하게 업무가 돌아가 약간 살만해진다. 하지만 3월에 시즌이 시작하면 11월까지는 주말이 자유롭지 않다. 매 홈경기, 종종 원정 경기까지 챙기다 보면 매주 주말 스케줄이 일정하지 않기 때문이다. 오히려 시즌 중에는 가끔 주말 이틀 다 쉬는 날이 어색할 지경이다.

그렇게 11월이 되고 시즌이 끝나면 우리는 다시 숨을 고른다. 또 12월에 재충전을 하고 나면 이 사이클이 반복되고, 반복되고… 이게 구단 직원의 삶이다. 마치 3월에서 11월까지만 있는 축구 달력 속에 사는 사람들 같다.

팬들이 보는 건 화려한 선수들이지만, 한 팀이 제대로 움직이기 위해서는 보이지 않는 곳에서 수많은 사람들의 노력이 필요하다. 그라운드 안의 선수들은 물론이고, 그 바깥에 있는 사람들의 헌신이 한 팀을 만든다. 구단 직원들은 팀 성적이 좋을 때는 함께 기쁘고, 팀 성적이 저조할 때는 함께 슬프다. 프로의 세계에서 성적이라는 것은 정말 잔인하기도 하지만, 그만큼 우리를 하나로 묶어주는 좋은 매개체이기도 하다.

넷플릭스에서 〈죽어도 선덜랜드〉라는 축구 다큐멘터리를 보며 많은 공감을 했다. 영국의 선덜랜드를 연고지로 하는 축구 구단 선덜랜드AFC를 담은 스포츠 다큐멘터리인데, 선수와 경기만을 다루는 여느 다큐들과는 달랐다. 경기 이면에 있는 구단 직원, 팬들, 선덜랜드 구단이 자리 잡은 도시 등 다양한 관점에서 '선덜랜드'라는 팀 자체를 보여주는 것이 신선했다.

〈죽어도 선덜랜드〉 시즌 2 에피소드 1편에는 시즌 개막을 앞두고 선덜랜드 구단 직원들이 회의하는 장면이 나온다. 한 직원이 '지금 우리는 선수들을 위해 할 수 있는 모든 것을 다 준비했다. 이제 우리가 대신 해줄 수 없는 건 경기뿐이다. 그것은 선수들의 몫이다. 우리가 잘하고 싶다 해도 할 수 없는 부분이다'라고 말하는 장면이 나온다. 대사는 정확히 기억이 안 나지만 대략 이런 내용이다.

이 장면을 보며 2016시즌의 기억이 문득 떠올랐다. 그 시즌에도 인천은 강등권을 허덕이고 있었다. 하루는 경기 당일 대표이사님과 직원들 몇 명이 같이 점심식사를 하게 됐다.

“일본에서는 ‘카츠’라는 단어에 ‘승리’라는 뜻이 있어서, 중요한 시합을 앞두고 돈가스를 먹기도 한다더라고요.”

메뉴를 고르며 한 직원이 꺼낸 이야기였다. 당시 대표이사님은 평소에도 고기를 거의 드시지 않는, 채식주의자에 가까운 분이었다. 하지만 그날 점심은 돈가스를 시켜 한 접시 뚝딱 다 비우셨다. 함께 있던 직원들도 다 같이 돈가스를 먹으며 인천의 승리를 염원한 것은 당연지사다.

구단 직원들이 돈가스를 먹는다고 선수들의 경기력이 달라지는 것도 아니고, 〈죽어도 선덜랜드〉 대사에도 나오듯이 경기만큼은 전적으로 선수들의 몫이다. 하지만 작은 미신조차 믿고 싶을 정도로 우리 모두 승리에 간절했다.

그래서 그날 이겼냐고? 이겼고말고. 그해에 보란 듯이 강등권을 탈출하고 기적 같은 잔류까지 해냈다. 이렇듯 냉혹한 승부의 세계에서 우리는 축구 달력을 넘기며 살아간다.

○

수많은
만남과 이별이
오갔던 곳에서

인천에 있는 동안 수많은 만남과 이별을 했다. 시즌이 끝나고 이적 시장이 열릴 때마다 많은 선수들이 오갔다. 활약이 저조했던 선수들은 팀을 떠나야 했고, 반대로 너무 잘하는 선수도 더 좋은 조건과 함께 다른 팀으로 떠나기도 했다. 누군가 떠나간 자리엔 새로운 선수가 들어오며 기대감을 키웠다.

아무래도 새로운 만남보다는 떠나는 사람과의 이별이 더 마음에 남는다. 시즌 내내 유니폼 차림으로 그라운드를 뛰어다녔던 선수가 낯선 사복 차림으로 찾아 와서 "그동안 고생 많았어요, 건강히 잘 지내세요" 하며 아쉽게 인사를 남기며 떠나면 마음이 너무 쓸쓸했다. 정든 사람들과의 반복되는 이별은 아무리 적응하려 해도 쉽지 않았다.

그리고 이번에는 내 차례였다. 2018년 6월, 나는 퇴사를 결심했다. 인천유나이티드에서 일한지 6년 차였고, 기간으로는 5년이 조금 넘은 시점이었다. 나는 여전히 축구도, 내 직장 인천도 사랑했지만 지쳐있었다. 특히 몇 년 전 홍보 팀에서 경영기획 팀으로 부서를 옮기며, 나와 맞지 않는 일을 하고 있다는 생각이 들었다. 그 일이 어렵고 힘들어서가 아니었다. 그보다는 내가 가장 열심히 일하고 역량을 펼쳐야 할 시기에 뭔가 정체되어있는 느낌이 들었고, 스스로 조급해졌다.

회사에 몇 년째 부서 이동을 요청했지만 매번 돌아온 답은 "기다려라"였다. 나는 좀처럼 마음을 잡지 못 하고 다른 회사에 지원했다. 최종 면접까지 봤으나 결과는 좋지 못 했다. 그러던 중 별생각 없이 신청했던 '영국 청년 교류 제도YMS'에 덜컥 합격했다.

'그래, 영국으로 가라는 신의 계시인가보다. 이렇게 된 거 영국으로 가자!'

영국은 변화가 필요했던 서른 살의 나에게 주어진 마지막

카드였다.

사직서를 내던 날 기분은 묘했다. '사직서'라는 무시무시한 글씨 옆에 써 있는 내 이름이 도저히 내 이름 같지가 않았다. 퇴사일이 결정된 뒤 지인들에게 연락을 돌렸다. 게다가 나는 회사를 그만 두는 것뿐만 아니라, 아예 영국으로 떠나는 만큼 겸사겸사 더 호들갑을 떨며 이별을 했다. 하루가 멀다 하고 매번 송별회를 하는 나를 보고 친구들은 '양송별'이라 부르기도 했다.

나의 퇴사 소식을 듣고 고맙게도 다른 구단에 가 있는 선수들까지 아쉬워해줬다. 그중 가장 기억에 남는 건 각각 다른 팀에서 뛰고 있는 나와 동갑내기 선수들이 모여서 열어준 '레전드 은퇴식'이었다(여기서 '레전드'는 나, '은퇴'는 나의 퇴사를 말한다). 당시 울산현대에서 뛰던 김인성부터, 상주상무에 있던 김진환(현 서울이랜드), K3리그 화성FC에서 군 복무를 하던 구본상(현 대전하나시티즌) 등이 시즌 중 어렵사리 날짜를 맞춰 모였다.

이들은 회사를 박차고 나오겠다는 나의 무모한 용기와, 막막해 보이는 영국에서의 앞날을 응원해줬다. "내가 EPL에서 자리 나면 너희 영입할게"라는 나의 실없는 공수표에도 껄껄 웃으면서.

구단 직원들에게도 많이 고마웠다. 하루는 구단 행사의 사전 답사를 위해 같은 팀 신재 씨와 포천 출장을 가던 길이였다. 차창 밖으로 경인 아라뱃길이 보였다.

"여기가 경인 아라뱃길이에요? 저 인천 살면서 여기 와보고 싶었거든요. 영국 가기 전엔 꼭 와야겠어요."

그냥 별생각 없이 지나가듯 꺼낸 말이었다. 답사 후 포천에서 돌아오는 길에 신재 씨는 아라뱃길에서 차를 세웠다.

"지금 안 오면 선배님 인천 떠나기 전에 못 올 것 같아서요."

우리는 그날 아라뱃길을 걸으며 서로의 앞날을 응원했다. 신재 씨는 나보다 나이가 많은 같은 팀 후배였지만 항상 서로를 존중해주며 일했던 좋은 동료였다.

같은 팀 후배 민경 씨는 회사에서 친구이자 여동생 같은 존재였다. 민경 씨는 내가 그만둔다고 했던 날 집에 가서 눈물을 흘렸다고 했다. 결국 회사 송별회 날, 전 직원 앞에서 건배사를 하며 민경 씨도 울고, 나도 울고 말았다. 이 밖에도 내가 제일 좋아하는 수국으로 퇴사 꽃다발을 선물해주신 황새롬 팀장님부터 구단 직원들 모두 퇴사하는 나를 살뜰하게 챙겨줬고, 인천 머천다이징 업체 대표님은 내 이름을 마킹한 인천 유니폼을 선물로 주셨다. 너무나 고마운 사람들 뿐이었다.

대망의 마지막 출근 날. 자리에서 짐을 싸고 있는데 나와 마주친 용남 선배가 "오늘이 마지막 출근이구나"하는 인사에 나도 모르게 눈물이 툭 터졌다. 탕비실에 뛰어들어가 몰래 눈물을 훔치고 다시 자리로 돌아왔다. 그날 단장님의 배웅에 나는 또 꾹꾹 참은 눈물이 터져 나올 것 같아 거의 도망치듯 퇴근했다.

인천 집을 다 정리하고 본가로 가던 버스 안에서 왜 이렇게 눈물이 쏟아지는지. 버스가 출발하고 떠나는 내내 나는 눈물을 펑펑 흘렸다(휴게소에서 찐 옥수수를 사 먹기 전까지 말이다). 어디 죽으러 가는 것도 아닌데, 그날의 이별은 참 이상했다. 단순히 회사가 아니라 인천이라는 도시 자체를 떠나는 것 같아 더 울컥했다.

회사란 곳은 참 이상하다. 늘 재밌고 좋은 일만 있는 게 아니지 않은가. 일할 당시에는 불만도 생기고 힘든 점도 있었지만, 지나고 나면 과거는 미화된다. 나빴던 기억들은 지금의 나를 만들어준 훈장 정도로 기억되고, 대개의 좋은 기억들만 간직하게 된다.

인천유나이티드는 대학을 갓 졸업하고 아무것도 모르는 나에게 기회를 줬고, 내가 축구 산업에서 첫발을 내딛을 수 있게 만들어준 고마운 곳이다. 인천에서의 5년은 나를 진짜 어른으로 만들어준 시간이다. 25살 풋내기가 앞자리를 3으로 바꿔 나올 때까지 그곳에서 많은 것을 배웠다.

그리고 이제 나는 인천유나이티드를 나와 다시 한번 세상 앞에 섰다.

3장

토트넘에선 한국어도 스펙이었죠

나는 이 낯선 나라에서 내 꿈을 위한 도전을 하고,
동시에 어느 상황이건 스스로를 지켜야 했다.

○

익숙함을 떠나 미지의 세계로

1.

"저 해외 구단에서 일해보고 싶어요. 아주 작은 일이라도 좋아요."

막연하게 다른 나라 구단에서 일해보고 싶다는 생각은 아주 오래전부터 있었다. 다만 구체적인 계획은 없었고, 대신 내게는 인천이라는 안정적인 직장이 있었다.

우연히 외교부에서 진행하는 '영국 청년 교류 제도'를 알게 됐다. 일종의 워킹 홀리데이 같은 개념으로, 만 18세에서 30세까지의 대한민국 국민이면 누구나 신청할 수 있었다. 큰 기대

없이 외교부에서 요구하는 몇몇 서류를 제출했다. 약 한 달의 시간이 흐르고, 합격자 명단에 내 이름이 덜컥 올랐다. 이때가 인천에 몸담은 지 6년 차가 되던 시점이었다. 다른 나라 구단에서 일해보고 싶다는 꿈에 불이 지펴지는 순간이었고, 나는 퇴사를 결심했다.

그 꿈을 펼칠 곳이 꼭 EPL이어야만 했던 건 아니었다. 가까운 일본 J리그부터 멀게는 호주 A리그나 미국 MLS도 궁금했다. 영어 공부에도 욕심이 있던 터라 영어를 활용할 만한 곳이면 더 좋겠다고 생각했다. 마침 EPL은 영어는 물론이고 세계 최고의 규모와 역사를 자랑하는 축구 리그를 갖추고 있으니, 두 마리 토끼를 잡기에 이 얼마나 완벽한 곳인가.

영국 청년 교류 제도에 합격은 했지만, 실제 영국행을 결정하기 전까지 많은 우여곡절이 있었다. 당시 남자친구와 이별 후 마음고생을 심하게 했기 때문이다. 나는 합격 후 영국 정부에 비자 신청을 해야 하는 유효기간 세 달 중 두 달을 멍하니 흘려보냈다. 그때는 아무 의욕이 없었고, 영국에도 가고 싶지 않았다.

비자 신청 기한이 겨우 한 달 남짓 남았을 때까지도 나는 여전히 마음의 갈피를 잡지 못 했다. 답답한 마음을 정리하고자 혼자 떠난 여행에서 만난 친구가 내 이야기를 가만히 듣더니 말했다.

"지금 네가 힘든 건 알겠는데, 네 생각대로 일이 해결될 가능성은 0이야. 그냥 영국 가. 내가 놀러 갈게."

따뜻하기는커녕 담담하고 현실적인 친구의 직언이 정신을 번쩍 들게 했다.

'그래, 나 바보처럼 뭐하고 있는 거지? 영국으로 가자. 얼마나 좋은 기회야?'

나는 긴 방황에 마침표를 찍었다. 이후 내 손에 주어진 '영국행 카드'를 들고 바쁘게 움직였다. 비자용 사진을 찍고, 비자 신청을 하고, 신체검사를 받고, 입국 심사 서류를 준비하고, 비행기 티켓을 사는 등 밀린 숙제를 마쳤다. 여기에 그치지 않고 영국에서의 이야기를 담기 위해 블로그도 만들었다. 블로그에는 출국 준비 과정부터 하나하나 적어 올리기 시작했다.

나는 평소 프로 걱정러에, 돌다리도 두드려 보고 건너야 직성이 풀리던 사람이었다. 그런 내가 뭐에 씌인 사람처럼 맨몸으로 망망대해를 건널 준비를 하고 있었다. 번뜩 정신을 차렸을 때 이미 내 손에는 출국일이 채 일주일도 남지 않은 영국행

비행기 티켓이 쥐어져 있었다. 그것도 돌아올 복편이 없는 편도 티켓.

1년짜리 왕복 편을 미리 사두고 돌아올 날짜를 나중에 지정하는 오픈 티켓도 있었다. 하지만 그러고 싶지 않았다. 영국에 평생 눌러살 생각은 없지만, 돌아올 날을 정하면서 미련을 남겨두지 않겠다는 굳은 의지랄까.

영국행을 결정한 뒤, 2018년 6월 30일자로 회사를 퇴사했다. 출국을 앞두고 약 4주 정도 여유가 생겼다. 나는 그간 못 놀아서 한맺힌 사람처럼 매일을 놀러다니고 사람들을 만났다. 5년 이상 회사를 다니다 오랜만에 누리는 자유는 달콤했다. 출국이 코앞에 다가와서야 한국을 떠난다는 실감이 나면서, 덜컥 겁도 났다.

출국이 일주일도 남지 않았을 때 엄마와 자기 전 나란히 누워 수다를 떨었다.

"엄마, 이제 곧 출국한다니 조금 겁이 나."

"딸, 그럼 안 가면 안 돼?"

그동안 별말씀 없으셨지만 엄마도 내심 섭섭하셨나보다. 다 큰 딸이지만 지구 반대편의 먼 나라에 보낸다는 것에 엄마

마음이 편할 리 없었다.

떠나기 전 많은 지인, 친구들과 송별회를 했다. 출국 전날까지도 다양한 친구들과 다시는 못 볼 사람처럼 눈물겨운 연락을 했다. 영국으로 떠나던 날은 엄마, 아빠, 언니, 우리 집 강아지 샤넬까지 온 가족이 새벽에 눈 비비고 일어나 먼 길 떠나는 나를 배웅했다.

나이 서른에 멀쩡히 다니던 직장을 그만두고, 결정된 것은 아무것도 없이 선택했던 영국행. '도전, 꿈'이라는 허울 좋은 단어로 떠나는 나에게 사람들은 입을 모아 "멋있다"고 했다. 하지만 나는 그 말을 들을 때마다 사실 너무 겁이 났다. '내가 지금 누가 봐도 무모한 행동을 하고 있구나'하고 자꾸 실감났기 때문에.

2018년 여름, 나는 그렇게 영국 런던으로 떠났다.

2.

나는 비행기 공포증이 있어서 평소 비행기 타는 걸 무서워한다. 그런데 이상하게도 영국으로 혼자 떠나는 비행기 안에서는 12시간 넘는 동안 아주 잘 먹고 잘 잤다. 그까짓 비행보다 앞으로 살길이 더 막막해서 그랬나 보다.

런던 히드로 공항에 도착했다. 일부러 너무 늦지 않은 시간대의 항공권을 구매해둔 덕분에 주변이 훤했다. 날씨는 나를 반겨주듯이 쨍쨍했지만, 이곳이 내가 앞으로 먹고 자고 살아가야 할 곳이라 생각하니 기분이 묘했다. 입국 심사 줄이 어찌나 긴지 대기 시간만 40분이 넘었다. 제일 큰 수화물은 아직 찾지도 않았는데, 이미 들고 있는 짐이 너무 무거워서 땅으로 꺼질 것 같은 기분이었다. 무사히 입국 심사를 마치고 짐을 찾은 후 미리 예약 해놓은 픽업 서비스 기사를 만났다. 차를 타고 가며 픽업 기사와 간단한 대화를 나눴다.

"나는 한국에서 축구 팀에서 일했어."

"오, 그래? 영국에서는 어느 팀 좋아해?"

"난 손흥민 때문에 토트넘이 좋아, 넌?"

"난 웨스트햄. 사실 바르셀로나를 더 좋아하지."

축덕의 나라 영국에 왔음을 실감했다. 약 1시간 30분가량을 달려 홈스테이 집 앞에 도착했다. 어학원을 통해 한 달만 계약한 집이었다.

도착해보니 그 집에는 나 말고 다른 나라에서 온 친구들 몇몇이 살고 있었다. 하지만 방문에는 잠금장치가 없었다. 심지어 같은 층에는 홍콩에서 온 남자들도 살고 있는데! 하지만 이는 시작에 불과했다. 나는 정말 긍정적인 사람이고, 친구들과 자취도 해보고, 4인실 기숙사도 써본 경험이 있었다. 하지만 이곳은 정말 상상 그 이상이었다.

어학원에서 소개받을 때는 집주인 아줌마와 딸만 사는 집이라고 들었다. 하지만 이 집에는 아기가 한 명 더 있었고, 그 아기는 24시간 내내 울었다. 추정컨대 다른 집에 살고 있는 큰딸이 아기를 맡기는 것 같았다.

화장실과 샤워실 역시 잠금장치가 없었다. 황당한 건 집주인 가족만 사용하는 가족용 화장실에는 잠금장치가 있었다는 거다. 참 나, 집주인만 사생활이 있는 거야? 심지어 그 가족용 화장실은 2층 내 방 바로 옆이었다. 나는 매번 내 방에서 멀리 떨어진, 1층 구석의 잠금장치도 없는 공용 화장실까지 가야 했다.

입주 초반 일주일 동안은 집 열쇠도 주지 않아, 나는 누군가 집에 없으면 집을 나가지도 들어오지도 못 했다. 기존 홈스테이를 하던 사람 중 한 명이 나간 뒤에야 나는 열쇠를 받을 수 있었다. 게다가 홈스테이 집주인 딸이 흡연자여서 종종 내 방까지 담배 연기가 흘러들어와 너무 괴로웠다. 어디 이뿐인가? 낮에 방 불이 켜져 있으면 6시 전에는 불을 끄라고 성화였다.

가장 최악의 사건은 '4분 안에 샤워를 하라'며 내가 샤워하는 중에 집주인이 욕실 문을 열고 들어온 것이었다. 당시 나는 샤워를 마치고 양치 중이어서 다행히 옷을 입고 있었지만, 이건 너무 비상식적인 행동이었다. 방 불을 켜는 것도, 샤워 시간도, 하다못해 빨래하는 것도 간섭했다. 내 마음대로 할 수 있는 것이 거의 없는 곳이었다. 내가 이 집에 공짜로 왔나? 나도 엄연히 아주 비싼 비용을 지불한 사람이었다. 나중에는 자포자기 심정으로 '내 방에 날아다니는 저 나방도 방값에 포함된 반려동물인가 보다' 했다. 헛웃음이 나왔다.

3.

첫 며칠은 적응하느라 정신없이 흘러갔다. 바뀐 시차에 적응하느라 그런 건지 열 손가락 마디마디에 손 거스러미가 올라왔다. 살면서 그렇게 길게 나온 거스러미는 처음이었다. 한번은 집 앞을 산책하는데 동네 강아지와 마주쳤다. 우리 집 반려견 샤넬을 아주 많이 닮은 강아지였다. '아, 내가 진짜 멀리 와있구나' 싶으면서, 별안간 눈물이 뚝뚝 흘렀다. 향수병과 외로움을 몸소 실감하는 순간이었다.

한국에서부터 영국 어학원을 8주 코스로 미리 등록해뒀다. 어차피 영국에 와서 바로 직장을 구할 수는 없으니, 초기에 어학원을 다니며 규칙적인 생활도 하고 외롭지 않기 위해 준비해둔 것이었다. 어학원에는 나처럼 영어를 배우기 위해 영국에 온 다양한 국적의 사람들이 많았다. 몇몇 친구들과는 수업 후 같이 밥도 먹고 관광도 하며 함께 시간을 보냈다. 간혹 정말 알아듣기 어려운 억양의 영어를 구사하는 친구들과 대화 할 때도 있었다. 서로 알아들을 때까지 얘기하느라 진땀을 뺐지만, 그것마저 재미있는 경험이었다. 그러던 중 마녀같은 집주인과 함께 사는 홈스테이나 막연한 향수병과는 비교도 할 수 없을 만한 큰 사건이 발생했다.

○

울컥 울컥 울컥

영국에 온지 막 2주가 지났을 무렵, 나는 어학원 수업을 마친 후 토트넘 코트 로드역 스타벅스에서 일할 만한 곳을 찾으며 자기소개서를 쓰고 있었다. 잠시 후 아는 동생 세희가 합류했다. 각자 할 일을 하며 두어 시간을 보내고, 집에 가기 위해 짐을 챙기는데… 가방에 있어야 할 파우치가 없었다. 그 파우치 안에는 약간의 현금, 여권, BRP 카드(외국인 거주 허가증)와 주민등록증, 버버리 카드지갑, 한국 체크카드 2개, 오이스터 카드(영국 교통카드)가 있었다.

도대체 언제 사라진 거지? 혼자 있을 때에도 자리를 한 번도 비우지 않았고, 세희와 함께 있을 때에도 동시에 자리를 비우지 않으며 조심했는데 이런 일이 생기다니. 게다가 이것은 단순히 돈을 잃어버린 정도가 아니지 않은가. 영국에서 내 신원을 보증할 수 있는 모든 신분증과 돈을 인출할 수 있는 카드를 한꺼번에 잃어버린 것이다.

그때 한국은 새벽 1시였는데, 급하게 한국에 있는 친구 김다에게 연락해 도움을 요청할 수밖에 없었다. 김다가 카드사별로 콜센터에 전화해 내 카드를 모두 정지해줬다. 그사이 나는 스타벅스 직원한테 자초지종을 설명하고 스토어 여기저기를 뒤져봤으나 헛수고였다. 경찰서에도 갔지만 별 뾰족한 수는 없었다. 오히려 물건을 도난당한 것은 나인데, 내가 훔친 사람인마냥 취조하는 경찰의 말투에 진절머리가 났다.

집에 와서도 저녁 내내 은행 인터넷뱅킹 사이트와 앱을 번갈아 확인하느라 진땀을 뺐다. 뱅킹 사이트에서는 뭐 하나 할 때마다 인증을 해야 하는데, 나는 한국 핸드폰이 없으니 절차가 매우 까다로웠다. 겨우 방법을 찾아내면 OTP 비밀번호를 5번 넘게 틀려서 초기화되고, 겨우 해외 출국 기록을 조회해서 핸드폰 인증없이 접근하는 법을 찾고의 반복이었다.

아직 직장도 없고, NI 넘버(영국 국세청 발급 번호)도 없어서 영국 은행 계좌는 개설도 못 한 상황이었다. 그런데다 한국 카드는 다 잃어버렸으니, 돈줄은 막혔고 수중에 가진 거라곤 파운드 조금이 전부라서 눈앞이 캄캄했다. 하필 전날 잠을 설쳐서 머리는 지끈거리는 데다가, 너무 막막하니까 눈물도 안 났다. 정말 이대로 한국으로 가버리고 싶은 심정이었다. 그런데 그나마도 여권이 없어서 못 간다!

"아, 맞다. 체크카드가 하나 더 있었지!"

책상 서랍 깊숙이 넣어놨던 체크카드가 떠올랐다. 모 은행에서 한정판으로 워너원 체크카드를 출시했었는데, 당시 강다니엘 덕후였던 나는 기념으로 카드를 발급받아 소장용으로 모셔뒀던 것이다. 강다니엘 얼굴이 대문짝만하게 나온 카드여서 한국에서도 (어디가서 내밀기 부끄러워서) 써본 적이 없었다. 그래서 이 카드가 사용이 되는지도 모르는 상황이었다.

'일단 VISA라고 써 있으니 외국에서 되지 않을까? 제발 이 거라도 돼야 돈을 쓸 수 있는데.'

다음 날, 아침 일찍 일말의 희망을 담아 어학원 근처 은행 ATM기에 카드를 넣었다. 결과는… 오! 현금이 인출됐다!! 강다니엘이 이역만리 타국에 있는 나를 살렸다!!! 이 맛에 덕질을 하는구나!!!!

여전히 해결된 건 아무것도 없지만 일단 카드가 된다는 사실에 한 줄기 희망을 찾았다. 나는 수업을 마치고 주영대한민국대사관으로 향했다. 대사관으로 가는 지하철 안에서 가방에 있던 다이어리를 뒤적이는데, 영국에 오기 전 한 친구가 써준 글귀를 발견했다.

런던에서 행복해라.

보자마자 눈물이 툭 터졌다. 그러더니 지하철 안에서도, 두 번이나 환승하는 동안에도, 내려서 걸으면서도 눈물이 뚝뚝 떨어졌다. 행복은 개뿔, 런던에 온 지 2주 만에 빈털터리가 돼서 길 한복판에서 울고 있다!

대사관에서 친절한 한국인 직원의 안내대로 여권 재발급을 신청하고, 비용을 내고, 미리 가져온 증명사진을 내밀었다. 하지만 문제가 생겼다. 여권 사진은 여권 신청일 기준 6개월 이내 촬영한 사진이어야 했다. 헌데 내가 들고 간 사진은 발급한 지 2년이 지난 분실 여권 사진과 동일했다. 직원분은 대사관에 있는 무료 즉석 기계로 사진을 찍으라고 했다.

오 마이 갓, 화장도 안 했고 오는 내내 울었는데 사진을 찍어야 된다구요? 게다가 성인은 5년짜리 여권은 발급이 안 돼 10년짜리로 신청해야 했다. 이렇게 못생긴 얼굴을 10년 동안 박제 해야 된다니.

"신규 여권은 3주 뒤면 받을 수 있어요. 양송희 님 기존 여권은 국제 폴리스에 분실 여권으로 등록됐으니 안심하세요."

하아… '국제 폴리스' 같은 단어, 영화에만 나오는 거 아니었나요? 대사관에서 여권 재발급 신청을 마치고, 이번에는 BRP 카드 분실 신고를 하러 경찰서에 갔다. 인터넷에서 찾아보니 BRP 카드를 분실하면 경찰서에 신고하고 '관련 레터'와 '레퍼런스 넘버'를 받아야 된다고 했다. 하지만 경찰서에서는 그런게 필요 없다고 했다. 이 사람이 내 영어를 못 알아 들은건가 싶어서 몇 번을 설명했다. 하지만 줄 수 있는게 없다며 내가 인터넷으로 알아서 신청해야 한다는 말뿐이었다. 일단 알겠다고 하고 나왔다(확인해보니 예전에는 필요했지만, 이제는 없어도 되는 것 같았다. 그것도 모르고 경찰서에서 40분 넘게 서서 기다리다니).

지친 몸으로 집에 와 영국 사이트에서 BRP 카드 분실 신고와 재발급 신청을 하려는데, 양식만 27페이지짜리다. 물론 다 영어로…. 세상 정말 가혹하다. 영국에 온 지 단 2주 만에 별의 별 일이 다 일어난 까닭에 나는 주저앉아 울고 싶었다. 외국에 나와 사는 만큼 언젠가 힘든 일이 생길 수도 있다는 건 알았지만 이건 힘들어도 너무 힘들었다. 이 모든 일을 겪으면서도 가족들이 걱정할까 봐, 특히 엄마는 내가 외국에 혼사 나와 있다는 것만으로도 걱정하는 사람인데 괜히 걱정을 더 얹어주기 싫어서 가족들에게는 일절 말하지 않았다. 어느 정도 해결이 되면 그때 가서 이런 일이 있었다고 얘기해야겠다 싶었다.

정신없는 와중에 어학원 클래스를 비즈니스 잉글리시로 바꾼 바람에 수업은 어렵고, 숙제는 더 많아졌고, 홈스테이 계약은 2주밖에 남지 않아서 이사 갈 집도 찾아야 했고, 직장도 구해야 했다. 그야말로 할 일이 태산이었다.

'얼마나 좋은 일이 생기려고 이런 큰 액땜을 하는 걸까?'

호랑이한테 물려가도 정신만 차리면 된다고 생각하며 얼마나 이를 악물었는지 모른다.

사건 발생 후 이틀이 지났다. 이번에는 다른 경찰서로 향했다. 기존 경찰서와는 다른 설명을 들을 수도 있을 것 같아서였다. 경찰서에 도착해보니 영화 〈킹스맨〉에서 에그시가 불량배들 차를 훔쳐 타고 경찰차를 들이박아서 잡혀 왔던, 에그시와 킹스맨 해리가 처음 만난 홀본 경찰서였다. 내 파우치 훔쳐 간 도둑놈 덕분에 킹스맨 촬영지를 오고 영광이다, 영광이야.

그러나 가는 날이 장날이라고, 워크샵을 한다는 안내문과 함께 경찰서 문은 굳게 닫혀있었다. 안내문에 적혀있는 다른 경찰서 주소를 구글맵으로 찾아 다시 버스를 타고 이동했다. 그렇게 도착한 이슬링턴 지역의 경찰서. 여기서도 레터나 레퍼런스 넘버가 필요 없다고 했다. 나는 출력해온 종이를 꺼내며 물었다.

"보세요. 여기에는 레터나 레퍼런스 넘버를 제출하라고 써 있는데요?"

"그럼 OVRO The Overseas Visitors Records Office에 가봐요."

여긴 또 어디냐 하면서 종이에 적힌 주소를 구글맵에 찍고 지하철을 탔다. 여긴 어디쯤일까, 열심히 가는 길에 종이를 다시 확인하는데 선명히 적혀있는 문구.

'Thursday – closed'

오늘은 목요일, 목요일은… Thursday….

하, 정말…. 나는 모든 걸 포기하고 도중에 지하철에서 내려 반대편 승강장으로 갔다. 그나마 내가 있던 곳이 킹스크로스역이랑 가깝길래 내려서 근처 스타벅스에 가서 어학원 숙제나 해야겠다고 생각했다.

힘없이 도착한 킹스크로스역사 안에서 한 남자가 피아노를 연주하고 있었다. 평소에도 자주 볼 수 있는 광경이라 별생각 없이 지나가는데, 그 연주는 너무나 익숙한 멜로디였다. 나는 발길을 멈췄다.

'이 노래 뭐지? 왜 내가 이 노래를 알지? 팝송인가?'

연주를 들으며 생각나는 가사를 흥얼거려봤다.

'난 파도가 머물던 모래 위에 적힌 글씨처럼 그대가 멀리 사라져 버릴 것 같아…. 어? 이거 왜 가사 한글이지? 한국 노래인가? 이 노래 뭐더라?'

결국 나는 그 자리에 멈춰 서서 연주가 끝날 때까지 감상했다. 생각나는 가사를 토대로 인터넷에 검색해보니 이 음악은 아이유의 〈밤편지〉였다. 연주하던 남자가 아마도 한국 사람이었나보다. 마음이 많이 지쳐있기 때문이었을까? 그 연주가 얼마나 위로가 되던지 마음이 울컥했다. 또 눈물을 쏟으며 지하철역 밖으로 나갔다. 근처 스타벅스에 도착해서 커피를 사고, 아까부터 참았던 화장실을 가려는데, 화장실 고장. 왜 하필 오늘 고장이래!

헛웃음이 터졌다. 어쩌면 이렇게 하루종일 되는 일이 하나도 없을까. 커피나 마시고 빨리 집에 가야겠다 하며 아무 생각 없이 핸드폰 메일함을 열었다.

[Interview for Retail Casual Workers]

Dear Songhui,

After reviewing your application, we are pleased to inform you that we would like to invite to an assessment for the role of Retail Casual Workers.

[리테일 계약직 인터뷰 안내]

양송희 귀하.

귀하의 지원서를 확인한 결과, '토트넘 리테일 계약직' 면접에 귀하를 초대하게 되었습니다.

응? 내가 토트넘 서류 전형을 합격했다고?? 그 엉터리 영어 자기소개서가 합격이라고??? 메일을 보고도 믿을 수가 없어서 한참을 또 읽고 또 읽었다.

해외 구단에서 일해보고 싶다고 먼 나라로 훌쩍 떠나온 나의 막연했던 꿈이 조금씩 현실로 바뀌어 가는 순간이었다. 정말 기다리고 기다렸던 소식이었다. 이렇게 좋은 소식이 오려고 이번 주에 이런 폭풍 같은 일들이 몰려온 걸까? 집에 와서 후덜덜한 마음을 진정시키기 위해 집 앞 공원을 1시간 산책하고 샤워를 했다. 얼마 남지 않은 마스크 팩을 꺼냈다. 팩이 몇 장이나 남았는지 보려고 상자를 탈탈 털었는데, 반듯하게 접혀있는 두툼한 종이가 툭 튀어나왔다. '요새는 팩에 설명서도 들어있나?' 의아해하며 종이를 열어봤다. 그것은 설명서가 아니라 친구 예지의 편지였다.

> 송희야, 진심으로 네 행복을 빌게. 너의 들숨에 행복과 날숨에 재물이 함께하길. 밖에 보이는 바다가 너무 예쁘다. 지금 빛나는 햇살처럼 우리의 젊은 날도 찬란할 거야.

내가 영국으로 출국하던 날, 공항에 마중 나왔던 예지가 내가 자리를 비운 사이 가방에 몰래 팩 세트를 넣어놨다. 나는 자리에 돌아오자마자 뭘 찾는답시고 가방을 열어버려서, 예지의 서프라이즈 선물은 숨겨놓자마자 허무하게 들키고 말았다. 헌데 정작 진짜 서프라이즈는 이 편지였다. 런던에 온 지 정확히 3주만에 발견한 예지의 편지. 그것도 하필 정말 정말 힘든 지금 이걸 보다니. 타이밍 진짜…. 일부러 짜도 이렇게 못 하는 거 아니야?

세 장짜리 편지를 읽는 내내 엉엉 울었다. 어찌나 울었는지 편지를 다 읽고도 눈물이 멈추지 않았다. 예지에게 편지를 이제 발견했다고 카톡을 쓰면서도 계속 울었다.

정말 힘들어서 울컥, 위로가 돼서 울컥, 행복해서 울컥. 마지막 울컥은 행복의 울컥이라 다행이야. 이제 그만 울컥하고 기적을 만들어볼까.

○

내가 토트넘의 여인이 될 상인가

2002년 월드컵을 계기로 나는 축구라면 죽고 못 살았지만, 남들이 새벽잠을 설쳐가며 보는 EPL에는 별 흥미가 없었다. 지구 반대편에서 다른 시간대에 펼쳐지는 축구보다 가까이 있는 K리그가 좋았다. 내가 영국으로 떠나는 게 EPL을 좋아해서라고 생각하는 사람들도 있었다. 하지만 내가 영국을 선택한 이유는 산업적인 측면에서의 EPL과 영국인들의 축구 문화가 궁금해서였다. 영국에 가기 전까지는 EPL에 몇 개 구단이 있는지, 심지어 런던을 연고로 한 구단은 어딘지도 몰랐으니까. 나는 이 정도로 EPL에 무지했다.

영어로 의사소통은 가능하니까, 축구 관련 일 중 뭐든 할 수 있지 않을까 단순하게 생각했다. EPL에서 일하는 사람들에게 K리그 경험은 대수롭지 않을 수도 있지만, 아예 무관하지는 않으니까 말이다. 물론 대단한 일을 기대한 것은 아니다. 나는 영국에서 학교를 나온 것도 아니고, 영어가 원어민 수준도 아니니까. 다만 영국 축구 산업의 아주 작은 일이라도 내게 주어질 것이라 믿었다.

영국살이를 시작하자마자 런던에 있는 EPL 구단 홈페이지를 다 들어가 봤다. 첼시, 토트넘, 아스날, 웨스트햄, 퀸스파크레인저스QPR 등. 대부분 구단 홈페이지 채용 공고란에 구인 정보가 올라온다. 그중 내가 할 수 있는 직무들을 추렸다. 예를 들어 마케팅 전문가를 필요로 한다면, 그들이 단기 체류자이자 원어민이 아닌 나를 뽑을 일은 없을 것이다. 그런 일은 아예 배제하고 내가 할 만하겠다 싶은 직무로 추렸다. 그렇게 고른 것이 토트넘 리테일 팀, 아스널과 웨스트햄의 경기 안내원, QPR 매표 아르바이트생 정도였다. 이 중에 면접까지 성사된 건 토트넘 리테일 팀과 웨스트햄 경기 안내원이었다.

웨스트햄 경기장은 내가 사는 집에서 걸어갈 만한 거리에 있었다. 면접은 구단 직원 두 명과 나까지, 단 셋이서 봤다. 약 15분가량 면접관의 질문에 내가 답변하는 형태였는데, 전혀 무거운 분위기가 아니었다. 간혹 내가 못 알아 들어서 말문이 막혀도 괜찮다고, 아주 친절하게 예시까지 들어가며 설명해줬다. 아니, 이런 따뜻한 면접이 이디 있나. 그럴수록 나는 더 신나서 영어로 아무 말 대잔치를 펼쳤다.

그들은 이전에 K리그 구단에서 근무했던 내 경력에 대해서도 많이 물었다. 팀 이름이 뭔지, 강팀인지, 경기장 수용 인원은 몇 명인지 등이었다. 나는 인천이 2부리그로 강등된 적이 한 번도 없는 팀이라고 자랑까지 했다. 또 여러 상황 예시를 주면서 해결 방안을 물어봤는데, 재밌었던 질문은 성난 팬들에 대한 주제였다.

"사실 내가 일하던 팀도 성적이 안 좋을 때, 팬들이 가끔 선수단 버스를 막곤 했어."

순간 두 면접관의 얼굴에 떠오른 공감의 표정을 읽을 수 있었다. 우리 모두 성적에 자유로울 수 없는, 그야말로 축구 아래위 아더 월드다. 면접 분위기가 나쁘지 않아 내심 기대했지만, 이후에 다시 연락이 오지 않았다. 그럼 웨스트햄은 안녕.

이제 남은 건 토트넘. 사실 더 욕심났던 건 토트넘이었다. 토트넘에서 내가 지원한 직책은 '리테일 팀 캐주얼 워커(계약직)'였다. 주요 직무는 토트넘 홈경기나 이벤트가 있는 날에 스토어에서 고객 서비스를 제공하는 것이었다.

인터넷으로 지원했던 서류 전형의 자기소개서 항목은 한국이나 영국이나 비슷했다. 지원 동기, 이전 경험이나 경력, 일할 때 중요하게 생각하는 것들 등. 주로 한국 1부리그 구단에서 일한 경력이 있는 점을 어필했다. 나는 축구를 굉장히 사랑하고, EPL에서 선진 축구 문화를 경험해보고 싶어서 영국에 왔고, 팀워크를 중요하게 생각하는 사람이고, 어쩌고저쩌고….

자기소개서 외에도 커버 레터와 이력서를 첨부해야 했고, 이전 경력이나 학력 사항 등 홈페이지에 입력해야하는 정보가 많았다. 다만 한국과 제일 달랐던 점은 사진 제출이 없는 것, 그리고 생년월일을 적지 않는 것이었다. 나이를 체크하는 항목이 있긴 하지만 20~25살, 27~32살, 이런 식으로 자기 나이가 있는 탭을 선택하는 방식이었다.

서류 지원을 마치고 약 열흘 정도 지난 8월 23일, 서류 합격 메일을 받았다. 면접이 9월 3일이었으니 준비 시간이 충분히 있었다. 하지만 매일 준비해야지, 해야지 하면서 막상 학원 다니고, 숙제하고, 또 집 이사까지 겹치다보니 시간이 빨리감기 한 것 마냥 순식간에 흘러갔다. 면접 준비를 벼락치기 아닌 벼락치기로 하고, 떨려서 심장은 터질 것 같고, 어떻게든 되겠지 하는 심정으로 토트넘 구단으로 면접을 보러갔다. 그런데 어디로 가야하는지를 못 찾겠네?

구단에서 보내준 주소가 경기장 근처길래 당연히 경기장 안에 있는 사무국에서 면접을 보지 않을까 생각했다. 그런데 근처에 와서 주소를 구글맵으로 찍어보니, 자꾸 경기장 건너편에 있는 이상한 골목길이 나왔다. 혼자 헤매다가 다시 경기장 주변을 얼쩡거리는데, 토트넘 트레이닝복을 입고 가는 남자 둘을 발견하고 다짜고짜 말을 걸었다.

“오늘 토트넘 면접 보는 사람인데, 혹시 면접 장소 아니?”

“저기 길 건너에 도미노피자 옆에 남색 문 보여? 저기야.”

“저 간판 없는 남색 건물 말하는 거야?

”응, 저기야. 아직 면접 시작하려면 멀었는데 너 빨리 왔네.“

토트넘 트레이닝복 귀인(나중에 알고 보니 이들은 토트넘 직원이었다) 덕분에 무사히 면접 장소에 도착했다. 너무 일찍 와서 아직 나 말고 아무도 없었다.

To dare is to do(가장 용감한 것은 도전하는 것이다).

면접장 벽에 쓰여 있는 토트넘의 슬로건을 보니 마음이 설렜다. 이 슬로건이 그 무엇보다 지금 내 상황을 얘기해주는 것 같았다. 이름표를 나눠주는 구단 직원이 내 이름 위에 Kane(케인)이라고 쓰길래 뭘까 궁금했다. 잉글랜드 국가대표팀 주장이자 토트넘의 간판 공격수로 활약하는 선수의 이름이 해리 케인이기 때문이었다. 그 이유는 나중에 알 수 있었다.

면접 시간인 오후 6시가 다가오자 생각보다 많은 인원이 면접을 보러 왔다. 그 많은 사람 중에 한국인은커녕 동양인은 나 혼자였다. 당연히 나 빼고 모두 영어 원어민. 여긴 어디, 나는 누구….

첫 번째 세션은 리테일 팀 매니저가 토트넘홋스퍼의 역사와 구단의 철학, 비전 등을 프레젠테이션했다. 리모델링 중인 토트넘홋스퍼 스타디움의 조감도와 영상을 보여주며 유럽에서 제일 큰 규모의 스토어가 생긴다는 사실을 알려줬다. 어찌나 으리으리하고 멋있던지 꼭 저기서 일했으면 좋겠다는 생각이 더 커졌다. 첫 번째 세션을 듣는 내내 나 자신이 여기 있다는 자체가 너무 벅차서 마냥 재밌고 설렜다.

두 번째 세션은 그룹 미션이었다. 그제야 왜 내 이름 위에 Kane이라고 썼는지 알게 됐다. 그룹 미션에서 내가 해리 케인 조였던 것이다. 먼저 열댓 명 되는 조원들에게 둥글게 모여서 서로 축구공을 패스하라고 했다. 나는 그저 옆 사람들을 따라 하느라 바빴다. 다음에는 조원들의 이름을 외운 뒤, 그 이름을 랜덤으로 호명하며 테니스 공을 전달하는 미션이었다. 이 와중에 영국 사람들 이름은 왜 이렇게 어려운지, 원.

세 번째 미션은 담당자가 어떤 상황을 제시하면 손을 들고 어떻게 대처할지 대답하는 것이었다. 문제는 내가 이 담당자의 발음을 잘 못 알아들어서 대답을 하나도 못 했다는 거다. 대망의 마지막 미션은 토트넘홋스퍼의 애칭인 'SPURS(스퍼스)'라는 다섯 글자로 5행시 짓기였다. 바로 직전 미션에서 한마디도 못 한 걸 만회하기 위해 이 시간에는 적극적으로 참여해 열심히 대답했다.

장장 2시간가량 계속된 신박한 면접이 끝났다. 끝난 뒤에도 내가 잘한 건지 못한 건지 알 수가 없었다. 나는 한국의 면접을 생각하고 단정한 정장 원피스까지 입고 갔는데, 정장 차림으로 축구공을 패스하고 테니스공을 던졌으니 말이다. 하지만 정말 재미있었다. 이런 경험은 돈 주고도 못 할 것 같았기 때문이다.

"See you later(다음에 봐요)."

면접장을 나가는 길에 총괄 담당 직원이 나에게 인사했다. 다음에 보자는 건… 합격인가? 조금 설렜다. 그리고 다음 날.

[retail casual worker]

Dear Songhui

Thank you so much for attending the recent First Touch assessment centre, we are delighted to offer you the position of Retail Casual Worker.

[리테일 계약직]

양송희 귀하.

토트넘의 면접에 참여해주셔서 감사합니다. 토트넘은 귀하에게 리테일 계약직 근무를 제안하게 되어 기쁘게 생각합니다.

합격이라니!!!!!!!!!!!!

너무 좋아서 인스타그램과 블로그에 토트넘 합격 소식을 올리고 잠자리에 들었다. 아침에 일어나보니 너무 많은 축하 카톡이 와있어서 깜짝 놀랐다. 대단한 일도 아닌데, 내가 손흥민이라도 된 양 호들갑을 떤 것은 아닌지 머쓱해하자 "직무가 중요한 게 아니라 시도를 해서 문딕을 넘어선게 장하다"고 칭찬해주신 당시 〈포포투〉 배진경 편집장님의 카톡이 너무 좋아서 읽고 또 읽었다.

어학원에 가는 길에 엄마, 아빠에게 전화로 합격 소식을 알렸다. 두 분은 내가 토트넘에 지원했다는 사실조차 모르고 계셨다. 합격 소식을 알리니 정말 깜짝 놀라고 진심으로 기뻐하셨다.

"와, 우리 딸 정말이야? 해낼 줄 알았어!"

아이처럼 좋아하시는 부모님 목소리에 울컥해서 통화 내내 아무렇지 않은 척 하느라 힘들었다. 친구들과 지인들의 축하 메시지도 하나하나 정말 고마웠지만, 무엇보다 소식을 듣고 바로 연락해준 인천 구단 분들 덕분에 눈물이 핑 돌았다. 오랜 시간 구단에서 함께 했던 사람들, 매년 같이 강등을 걱정하고 어려운 구단 사정에도 같이 으쌰으쌰했던 사람들. 먼 곳에서 보내준 그 진심 어린 마음이 정말 고마웠다.

이후 토트넘 담당자는 메일로 신상 명세서와 계약서 양식을 보내며 비자 사본을 보내달라고 했다. 나는 현재 지갑을 도둑맞아서 BRP 카드도 같이 잃어버렸고, 재발급 준비 중인데 시간이 오래 걸려서 일단 출국 전에 받은 임시 비자와 레터를 보낼테니 이걸로 가능할까 물어봤다. 혹시나 안 된다고 할까 봐 얼마나 가슴 졸이며 메일을 썼는지. 그리고 나의 구구절절한 메일에 대한 담당자의 회신 첫 줄.

'You are more than welcome(얼마든지 가능하죠).'

이 말이 왜 이렇게 따뜻하게 읽히는 걸까. 여기에 덧붙여서 무슨 문제가 생기든 언제나 해결해 주겠다는 말에 다시 한번 감동했다.

토트넘 잡 트레이닝을 가는 날, 오랜만에 한식당에서 쌀밥을 사먹었다. 영국에 온 뒤 평일에는 쌀밥을 잘 안 먹는데 오늘은 중요한 날이라고 밥을 챙겨먹는걸 보니, 나는 어쩔 수 없는 한국인이라고 생각했다. 식사를 마치고 기차를 타기 위해 리버풀스트리트역으로 갔다. 여기서 폰더스엔드역으로 가야하는데, 듣도보도 못 한 역인 데다가 기차 티켓도 처음 사보는 거였다. 긴가민가하며 기계로 티켓을 뽑고 인포데스크에 가서 어디 플랫폼으로 가야하는지 물었다. 곧 있으면 전광판에 나올거라는 말에, 가만히 의자에 앉아 전광판을 보고 있자니 갑자기 여행을 가는 느낌이었다.

'아, 설렌다.'

기차를 타고 가는 길은 더 여행 같았다. 창 밖으로 보이는 한적한 풍경이 좋았고, 기차에서 내리자마자 보이는 역 이정표도 뭔가 따뜻했다. 기차에서 내리니 길에 지나다니는 사람이 한 명도 없는 동네였다. 그저 구글맵이 알려주는대로 걸어가다 보니 수상해 보이는 굴다리까지 지나가야 했다. 대낮이지만 왠지 으스스해져서 혼잣말까지 하면서 걸어갔다. 누가 봤으면 내가 미친 사람인 줄 알고 상대가 더 무서웠을 것이다.

주소를 따라 도착한 곳은 런던 외곽의 토트넘 리테일 물류 창고였다. 공장 수준으로 규모가 어마어마한 리테일 물류 창고를 둘러보며 입이 떡 벌어졌다. 오늘 교육 인원은 나까지 총 네 명이었다. 우리는 계산대 조작법과 유니폼 프린팅을 배웠다. 계산대 조작법은 설명이 너무 빨라 반도 알아듣지 못 했지만 열심히 끄덕이며 알아들은 척했다(나중에 일할 때 동료들한테 엄청 물어봐야지).

프린팅은 해리 케인 유니폼으로 한 명씩 돌아가면서 연습을 했다. 괜히 멀쩡한 유니폼을 망칠까 봐 조심스러웠다. 기계는 뜨겁고, 자로 재면서 글자 간격도 봐야되고 여간 어려운 일이 아니었다. 열심히 연습을 하고 있는데, 프린팅을 가르쳐주는 직원이 우리에게 어디 팬이냐고 물었다. 헉, 그런데 여기서 문화 충격. 애들이 런던 연고의 라이벌 팀들인 첼시, 아스날을 말하는 거다. 당연히 토트넘을 말해야 되는 거 아닌가? 문화 차이인가? 그 직원이 나에게도 어디 팬이냐고 물어보길래 "Absolutely, TOTTENHAM!!!(당연히 토트넘이지!!!)" 이라고 대답했다. 우리 집은 앞으로 삼대가 토트넘 팬입니다만?

무사히 교육을 마친 뒤 집으로 돌아가는 기차에서 가만히 생각에 잠겼다. 몇 주 사이 지나간 토트넘의 서류, 면접, 잡 트레이닝이 마치 꿈을 꾸는 건가 싶을 정도로 현실감이 들지 않았다. 문득 영국에 오기 전 친구 은지와 지연이가 깜짝 선물로 꽃다발을 보내준 게 떠올랐다. 발신인 정보 없이 도착한 꽃다발과 함께 온 카드에는 이렇게 써 있었다.

> 이보시오, 관상가 양반. 내가 토트넘의 여인이 될 상인가?

당시 재치 있는 멘트에 웃었지만, 정말이지 내가 토트넘의 여인이 될 상이었나 보다. 그리고 이제 토트넘의 여인 앞에는 떨리는 데뷔전이 다가오고 있었다.

○

토트넘에선 한국어도 스펙이었죠

1.

2018년 10월 3일, 토트넘 대 바르셀로나. 대망의 첫 출근날, 유럽축구연맹UEFA 챔피언스리그 조별리그 1차전이었다. 우리 집 근처 스트랫포드역에서 경기가 열리는 웸블리가 있는 웸블리파크역까지는 지하철로 약 50분이 걸렸다. 시골쥐의 웸블리 스타디움 첫 입성날이었다.

웸블리는 영국에서 가장 큰 경기장이자 영국의 스포츠를 대표하는 상징적인 곳이다. 비교하자면 우리나라의 잠실종합운동장과도 같은 곳이라고 할 수 있다. 내가 여기서 일을 하게 되다니. 역에 내려서 경기장으로 걸어가는데 저 멀리 전광판에 오늘 경기 일정과 함께 'ARE YOU READY?(준비 됐어?)'라는 문구가 떠 있었다. 심장이 두근댔다.

출근 후 가장 먼저 오늘 경기 시큐리티 손목 밴드를 받고 근무 섹션으로 이동했다. 웸블리는 경기 날 메인 스토어 외에 경기장 외곽과 경기장 내 가판대 스토어 여러 개를 동시에 운영했다. 나는 외곽의 이동식 스토어 중 한 곳으로 배정받았다.

얇은 근무복 하나 달랑 입고 일하기에는 어마어마하게 추운 날씨였다. 하지만 날씨보다도 혹여 실수를 하지 않을까 하는 걱정이 더 컸다. 설렘과 동시에 불안이 마음을 꽉 채웠다. 같은 섹션에 배정 받은, 생전 처음 보는 알란에게 '나는 한국인인데 영국에서 일해본 적이 한번도 없으니 오늘 나 좀 도와달라'고 최대한 불쌍하게 말했다. 걱정 말라던 알란은 근무 시작과 동시에 갑자기 다른 섹션으로 가게 된 건 함정.

다행히 계산대 조작법은 걱정에 비해 간단하고 매우 쉬웠다. 그래도 토트넘 스토어의 가장 좋은 점은 카드 결제밖에 안 된다는 사실이었다. 영국에 산지 두 달밖에 안 된 나에게 영국의 동전 단위는 아직 익숙해지지 않은 어려움이었다.

오늘 경기는 다른 리그의 팀과 치르는 챔피언스리그 경기인만큼 업셀링 아이템upselling item(같은 고객에게 보다 가치 있는 높은 가격의 상품을 제시해서 판매하는 것) 역시 토트넘과 바르샤의 엠블럼이 반반씩 들어간 기념 스카프였다. 이미 담당자 아비가 메일로 "We need to sell them all so sell sell sell(우리는 이 스카프를 무조건 다 팔아야돼, 모조리 다)"이라고 엄청나게 강조했던 그 스카프.

실제로 이 스카프는 불티나게 팔렸다. 나 혼자서만 100개를 넘게 판 듯했고, 나중에는 없어서 못 팔았다. 토트넘 팬 뿐만 아니라 바르샤 팬까지 와서 동시에 살 수 있는 상품을 만들다니 신선했다.

스토어에서 오후 2시부터 8시까지 근무했는데, 경기 시간이 임박할수록 너무 바빠 제정신이 아닌 채로 일했다. 정말 추웠지만 나중에는 추운지도 모르고 일했을 정도니까. 나는 누가 봐도 한국인처럼 생겼지만, 한국인 손님들은 내가 먼저 한국말을 하기 전엔 조심스레 영어로 얘기했다. 그러다 내가 "한국인이세요?"하면 그분들 얼굴에 화색이 돌곤 했다. 그럴 때마다 내가 다 기쁘고 반가웠다. 반면 바르샤 원정 팬들은 나에게 자연스럽게 스페인어를 했다. 저 스페인어 몰라요….

정신없이 일하다 경기가 시작하자마자 외부 스토어를 닫고 메인 스토어로 이동했다. 팀 리더 체즈니가 스태프 식당으로 데려가서, 7.5파운드 쿠폰을 주면서 먹고 싶은 것을 고르라고 했다. 식당은 눈이 휘둥그레지게 좋은 곳이었다. 핫 푸드, 샌드위치, 베이커리, 과일, 과자, 음료 등등 없는 게 없었고, 가격도 저렴해서 마지막에는 쿠폰 가격을 맞추느라 과자랑 껌까지 챙겨왔다.

밥까지 배부르게 잘 먹고 오늘의 근무 끝! 정작 경기는 하나도 못 봤지만, 경기 끝나기 전에 퇴근하는 건 처음이라 신기했다. 당연히 직무가 다르긴 하지만 인천에서 일할 때는 매일 경기가 끝나고도 한참 뒤에 퇴근해야 했으니까. 관중들의 함성으로 들썩이는 경기장을 뒤로하고 퇴근하는 기분이 꽤 묘했다. '나 진짜 가도 되나?' 하는 심정으로 퇴근했달까. 웸블리 경기장의 눈부신 조명이 비춰 주던 퇴근길의 짜릿함을 잊을 수가 없다.

첫 출근인데 실수도 하나도 안 했고, 영어를 못 알아들은 적도 없는 나 자신이 너무 기특했다. 일은 바빴지만 얼굴 한번 찡그릴 일 없었던, 재미있는 시간이었다. 오랜만에 경험하는 에너지 넘치는 축구장 분위기가 나를 들뜨게 했다.

2.

2018년 10월 6일, 토트넘 대 카디프. 경기장 출근길에 누가 다가와서 아는 체를 했다. 면접 때 같은 조였던 아빗이었다. 두 번째 출근이라고 몇몇 동료들과 제법 친해졌다. 혹시나 내가 매니저 맨디프의 지시를 잘못 알아 들었을까봐 걱정돼 몇 번 다시 물어봐도, 다들 어찌나 친절하게 알려주던지.

오늘 내 담당은 메인 스토어의 유니폼 섹션이었다. 이곳은 입구에서 들어오자마자 손흥민 선수의 유니폼이 걸려있기 때문에, 한국인 손님들이 그냥 지나칠 수가 없는 곳이다. 덕분에 이날 하루는 런던에 온 이후로 그 어느 관광지에서보다 가장 많은 한국인을 봤다. 손흥민 선수가 인기가 많은 건 알고 있었지만, 정말 이 정도인 줄은 몰랐다. 진심으로 오늘 경기 유니폼 판매의 90퍼센트 이상은 죄다 'NO. 7 SON'이었다.

손흥민 유니폼은 재고를 아무리 채워놔도 자꾸 쑥쑥 빠졌다. 정신없이 새로 채우고, 새로 채우고, 새로 채우고…. 하필 또 위 칸에 걸려있어서 계속 까치발을 들고 유니폼을 끝없이 채워 넣었다.

같은 구역에서 근무한 션과 나는 '흥민 지옥'에 갇힌 사람들

같았다. 백오피스에서 계속 새로 프린팅을 해서 유니폼 재고를 가져다줄 때마다 "또 손이지?" "응. 손이야" "그럴 줄 알았어"하며 넘겨받았다.

메인 스토어는 계산대에 줄을 서지 않고도 어느 곳에서든 직원용 아이패드로 결제를 할 수 있었다. 그래서 나는 중간중간 손님들의 계산까지 했다. 한국인 손님들은 나를 보고 다들 반갑고 신기해했고, 어떤 아주머니는 누군지도 모르는 내 팔을 꼭 잡아주고 가셨는데 괜히 뭉클했다. 계속 한국인 손님들을 안내하느라 영어보다 한국어를 더 많이 쓴 날이었다. 나중에는 다른 직원들도 한국인 손님을 안내하다 잘 안 되면 다 나한테 도와달라고 찾아왔다.

한국인 손님들의 질문 범위는 다양했다. 스토어에서 파는 구단 상품들부터 시작해서 선수단의 퇴근길을 볼 수 있는 곳, 경기장 근처 매직펜 파는 곳, 경기장에 반입 가능한 가방 크기, 경기장 반입 가능 물품, e-티켓은 실물로 뽑아야 하는지, 공항에서 세금 환급받는 법, 런던 맛집이나 관광지 등등. 하지만 나는 이 질문 공세가 정말 하나도 귀찮지 않고 참 재밌게 느껴졌다. 이것도 여기에서만 할 수 있는 경험이니까.

근무를 마치고 뒷정리를 하는데, 폴 부장님이 다가왔다. 물론 정확한 직급은 부장이 아니지만 왠지 부장님 같은 느낌이라 나 혼자 부장님이라고 부르고 있었다. 폴 부장님이 오더니 나에게 오늘 혼자 수많은 한국인 고객을 상대하느라 고생했다고 칭찬해줬다. 덧붙여서 자기들도 이제 한국어를 배워야겠다며 웃었다.

하지만 힘든 것은 힘든 것. 오늘은 실내 근무라서 안 추울 줄 알았는데 오산이었다! 스토어 운영 내내 스토어 문을 활짝 열어놨는데, 내 구역은 입구에서 매우 가까운 데다가 비도 오고 기온이 낮아서 근무 내내 오들오들 떨었다. 야외 스토어에서 근무한 지난 경기보다 더 추웠으니 말 다했다.

그렇게 6시까지 열일 하고 퇴근. 하루종일 추위에 떨었더니 힘이 하나도 없었다. 하지만 아무리 힘들고 춥고 피곤해도 이곳에서 일하고 있다는 게 기적 같고 행복하다. 근무를 마치고 직원들이 "오늘 어땠어?" 물어볼 때마다 항상 "너무 행복했어", "너무 좋았어"라고 자동으로 대답하는데 이건 정말 100퍼센트 진심이다.

영국 오길 잘했다.

3.

2018년 12월 26일, 토트넘 대 본머스. 오늘은 크리스마스 다음 날이자 박싱데이Boxing Day. 연휴 날 오전이어서 그런지 웸블리파크역 가는 지하철이 텅텅 비었다. 오늘 근무는 11시 반부터 시작, 근무지는 변함없이 메인 스토어의 유니폼 섹션이다.

내가 붙박이로 일하는 섹션은 일명 '손흥민 존zone'인데, 항상 손흥민 선수의 홈, 어웨이 유니폼이 사이즈별로 꽉꽉 채워져 있다. 그래서 한국인들이 제일 붐비는 곳인 동시에 포토 존이기도 하다.

오늘은 이상하게 경기 3시간 전부터 평소보다 훨씬 바쁘더니 급기야 미리 프린팅해놓은 손흥민 선수 유니폼이 일찍 품절됐다. 원래 스토어에 비치되지 않은 선수 유니폼을 사려면 기본 유니폼을 구매한 뒤 선수 프린팅을 추가 주문하면 된다. 프린팅하는 시간이 좀 걸릴 뿐이다. 그런데 오늘따라 경기 시작 한참 전부터 손흥민 선수 유니폼의 모든 사이즈가 전부 품절되는 바람에 내가 일하는 유니폼 섹션과 프린팅 섹션이 그야말로 전쟁통이었다. 그리하여 내가 무한반복 했던 말은,

"손흥민 유니폼 없어요?"

"프린팅 한 게 다 품절됐어요. 저쪽에 있는 기본 유니폼을 고르시고 프린팅하면 돼요."

"그럼 가격이 달라요?"

"등번호랑 리그 뱃지 붙이면 25파운드 추가되고요. 미리 프린팅된 유니폼이랑 가격이 똑같아요."

"프린팅을 어떻게 해요?"

"계산대에서 유니폼 계산하면서 프린팅 해달라고 하면 주문서를 줘요. 거기에 정보를 기입하면 돼요."

"얼마나 걸려요?"

"보통은 15~20분 걸리는데, 오늘은 주문이 많이 밀려서 30분 이상 걸릴 수도 있어요."

이 대화를 스토어를 찾은 모든 한국인 손님들과 계속, 똑같이, 반복했다. 주문이 미친듯이 밀리다 보니 평소에는 15분이면 되는 유니폼 프린팅도 30분 이상씩 걸렸다. 심지어 경기가 시작하기도 전에 SON 프린팅지마저 품절. 경기 시작 후에야 체즈니가 어디선가 SON 프린팅지 뭉치를 들고 등장했다.

경기 종료 후에도 유니폼을 구매하러 온 한국인 손님들로 스토어는 북적였다. 다시 한번 전쟁통이었다. 주문이 어찌나 심각하게 밀렸는지 평소에는 스토어 안에서 프린팅 손님을 기다리게 하는데, 오늘은 도저히 인원을 수용할 수가 없어서 아예 스토어 밖에서 기다리게 했다.

프린팅 팀은 기계처럼 유니폼을 찍어내고, 나는 프린팅 되는 유니폼을 가져다 나르고, 내가 나르면 다른 직원들이 주문번호를 호명하면서 나눠주고…. 난리도 이런 난리가 없었다. 원래는 경기 종료 후 1시간 정도만 더 근무하고 퇴근하는데, 오늘은 너무 밀려버린 유니폼 주문 때문에 2시간이나 더 근무했다. 오죽하면 매니저 맨디프가 정말 고맙다고, 너무 고생했다고 폭풍 칭찬해줬다.

근무를 마치고 역까지 터덜터덜 걸어가는데, 식상한 표현이지만 '만감이 교차한다'는 게 이런거구나 하고 실감했다. 몸은 너무 피곤하고 힘든데, 한국에 돌아가면 여기서의 모든 것들이 추억이 돼버린다는 게 슬퍼서 울컥하는 기분. 크나큰 런던에서 간혹 외로울 때면 '나 여기 왜 왔을까, 남의 나라에서 뭐 하는 걸까, 왜 고생을 사서 하지?' 하는 생각들이 꼬리에 꼬리를 물었다. 하지만 그럴 때마다 항상 '토트넘에는 이러려고 왔지!'하고 나를 위로했다.

불현듯 "쉽게 얻는 것들은 가치가 없다, 우리는 가슴 뛰는 일을 하고 살자"던 친구와 그날의 약속이 떠올랐다.

나는 그 약속 지킨 것 같아. 넌?

○

누구보다 간절하게, 열심히

1.

2019년 4월 23일, 토트넘 대 브라이튼. 경기 전 근무 브리핑에서 팀 리더 매트가 인상적인 이야기를 했다(매트는 내가 면접 볼 때 길을 알려 줬던 트레이닝복 귀인이다).

"우리는 팬들이 '축구 경기'만을 보러 오게 하는 게 아니라, '경험'을 제공해야 합니다."

팬들은 단순히 경기장에 와서 90분동안 축구를 보고 끝나는 것이 아니라, 집에서 인터넷 예매를 한 순간부터 그들의 경험은 시작된다는 것이다. 경기장으로 오는 길, 경기장에 도착해서 스토어에 방문하거나 경기장 내부에서 푸드코트와 여러 가지 즐길 거리를 만끽하고, 경기를 보고, 경기가 끝난 후에도 푸드코트에 남아 식사를 하고, 다시 스토어를 찾고, 쇼핑하고, 또 집까지 돌아가는 여정.

"이 모든 게 바로 토트넘이 추구하는 전체 경험인 만큼, 스토어에서 일하는 여러분도 경기 날 팬들의 경험에 아주 중요한 부분입니다."

이런 관점은 주로 미국 프로스포츠에서 익숙한 개념이다. 헌데 토트넘같은 EPL 구단도 비슷한 고민을 하고 있어 놀라웠다. 솔직히 EPL은 축구 외적인 것에 집중하지 않고, '경기'만으로도 고객의 니즈가 차고 넘치니까 굳이 그럴 필요가 없다고 생각했던 것이다. 단, 확실히 토트넘홋스퍼 스타디움에서 토트넘의 행보를 생각해보면 정말 축구뿐만이 아니라, 경험을 팔고자 하는 시도들이 눈에 보인다.

먼저 토트넘홋스퍼 스타다움 스토어 이름도 'Tottenham Experience', 줄여서 TE다. 이곳은 팬들에게 단순히 유니폼을 파는 것뿐만이 아닌, 유럽 구단 최대 규모의 리테일스토어에 걸맞게 최고 수준의 서비스를 제공했다. 이 밖에도 경기장 내부에는 매점 수준이 아닌 그럴듯한 카페테리아 같은 푸드코트를 구축했는데, 이곳은 경기 종료 후에도 두 시간이나 더 영업한다. 말 그대로 경기장에 고객들이 일찍 와서 오래 머물게 하려는 완벽한 방법을 추구한다. 이 부분은 모든 K리그 구단들이 고민하고 있는 목표이기도 하다.

원래 유니폼 섹션은 항상 안드레아가 리더였는데, 오늘은 일레인이랑 바뀌는 바람에 안드레아는 "계산대에 가기 싫다"며 투정을 부렸다. 알란도 그렇고, 아멧도 그렇고, 다들 왜 이렇게 계산대를 싫어하지? 나는 계산대가 제일 편하던데. 경기날 유니폼 섹션에서 일하면 옷 더미에 파묻힌 채로 이 세상 먼지 다 마시면서 손님들이 입어보고 간 널브러진 집업의 지퍼를 계속 올려야 한다.

오늘 처음으로 같이 일한 서캇은 내 나이를 듣고 눈이 휘둥그레졌다. 도대체 영국에서 '21살'에 어떤 깊은 의미가 있는지는 모르지만, 여기 와서 만난 사람들 10명 중 8명이 나를 '21살'로 봤다. 항상 20도 22도 아닌 딱 21. 그들이 말하는 21이라는 숫자는 도대체 무엇에 근거한 것일까? 여튼 어리게 봐줘서 고맙기는 하다.

오전 시간은 제법 한가했고, 늘 그렇듯이 경기를 앞둔 직후

부터 미친듯이 바빴다. 요즘은 시즌 막바지라 유니폼이든 트레이닝복이든 새 재고가 거의 안 들어온다. 그러다보니 오늘도 결국 SON 프린팅지 품절 대란.

하루 종일 오전 9시부터 오후 8시까지 일했다. 나중엔 너무 피곤해서 서캇과 나는 "I am so tired(너무 힘들어)"하면서 서로 붙잡고 거의 울었다. 맨디프가 이제 퇴근해도 된다고 공지할 때 그가 마치 천사로 보였다. 온몸의 진이 다 빠진 채로 터덜터덜 퇴근길.

한 경기, 한 경기 근무할수록 차곡차곡 경험도 추억도 쌓여간다. 이 모든 걸 안고 한국에 돌아갈 땐 도대체 무슨 기분일까?

오늘도 고생했고, 수고했고, 잘했어.

2.

2019년 4월 27일, 토트넘 대 웨스트햄. 오늘은 토트넘 스토어에서의 마지막 근무일이다. 스토어에서 일했던 8개월이 어떻게 흘렀는지 시간이 참 빠르다. 어제 저녁에는 동료들에게 줄 감사 카드를 쓴다고 새벽 늦게까지 잠들지 못 했다. 덕분에 피로가 쌓일 대로 쌓인 채로 아침 8시 출근. 게다가 초여름 같던 날씨는 온데간데없이 사라지고 비바람 부는 런던. 날씨도 내 마음을 아는구나. 전에는 그렇게 한국에 가고 싶더니, 요즘은 시간이 제발 천천히 갔으면 좋겠다고 생각한다. 사람 마음 간사하네, 참.

오늘은 토트넘과 웨스트햄의 런던 더비London Derby가 있는 날이다. 토트넘과 웨스트햄 모두 런던을 연고지로 두는 팀들이다. 더비는 같은 지역에 기반을 두고 있는 축구 클럽 간의 시합을 말하는데, 라이벌 경기와 같아서 분위기가 치열하다. 근무 시작 전 브리핑에서 맨디프는 스토어에 오는 모든 고객들에게 'massive welcome, massive smile(적극적인 환영, 적극적인 미소)' 할 것을 강조했다.

내가 한국말로 '누나'라는 단어를 알려줘서 토트넘에는 나를 누나라고 부르는 사람이 딱 세 명이 있다. 공교롭게 오늘 그 셋인 카이로, 콰니, 서캇이 모두 나와 같은 섹션에서 일하게 됐다. 덕분에 오늘은 일을 하다가 여기서도 누나, 저기서도 누나…. 내가 토트넘의 누나다!

콰니는 나를 보자마자 와락 안아주더니 "I'll miss you"가 한국말로 뭐냐고 물었다. 그건 좀 길어서 어렵다고, 그냥 "I miss you"가 "보고 싶어"라고 가르쳐줬다. 그랬더니 근무 내내 "보고 쉬퍼, 보고 쉬퍼" 반복.

오늘은 낮 12시 30분 경기라 그런지 스토어는 오픈과 동시에 한가할 틈 없이 붐볐다. 설명하고, 정리하고, 안내하고, 정리하고, 계산하고, 정리하고, 포장하고, 정리하고…. 게다가 오늘부터 나이키 제품 3개 구매 시 가장 저렴한 제품 1개는 무료로 받을 수 있는 프로모션(운동화, NFL, 홈/어웨이 키트 제외)이 있었다. 영국에서는 '3 for 2 deal'이라고 부르며, 마트나 드럭스토어에서 자주 볼 수 있는 흔한 프로모션이다. 우리나라에서의 일종의 1+1, 2+1 프로모션과 비슷한 개념이다. 2+1이라는 이름에 익숙한 한국 손님들은 3 for 2 deal 안내 태그를 보고 모두 어리둥절했고, 덕분에 계속 추가 설명을 해야 했다.

쉬는 시간이 끝난 뒤 스토어에 나와 쭈그리고 앉아 행거를 정리하고 있었다. 내 옆에 불쑥 나타난 알란이 "송희의 첫 근무 조가 나랑 같이 한 거 였다니, 영광이야!" 라고 말하는 통에 갑자기 눈물이 왈칵 날 뻔했다.

2018년 10월, 나의 토트넘 홈경기 첫 근무 날. 영어를 못 알아들어 실수할까봐 불안해서 처음 보는 알란의 바짓가랑이를 붙잡고선 나 외국인이고 영국에서 일을 한 번도 안 해봤다고, 오늘 제발 나 좀 도와달라고 했던 정말 햇병아리 시절.

최근에서야 같은 섹션에서 연달아 함께 일하며 카이로와 친해졌다. 카이로는 이미 웸블리에서부터 오며가며 계속 봤지만, 같은 섹션에서 일하면서 대화를 많이 하게 됐다. 카이로가 잉글랜드 축구협회에서 인턴으로 일했던 이야기까지 들었다. 하루는 카이로가 내 손목시계를 보더니, "누나 토이스토리 좋아해? 내가 제일 좋아하는 영화가 토이스토리야!" 라고 반가워하길래, 나도 제일 좋아하는 영화라며 둘이 신나게 영화 얘기를 했던 적이 있다. 그래서 디즈니 스토어에서 토이스토리 피규어를 샀고, 오늘 카드와 함께 전해줬다.

"누나, 너무 마음에 들어! 고마워. 스토어에서 갖고 싶은거 아무거나 하나 골라. 내가 사줄게."

"정말? 고마워. 그런데 너한테 부담 주기 싫어서 비싼거 못 고르겠어."

"가격은 상관없어! 골라봐."

이런 멋진 사람. 고민 하다가 도저히 뭘 해야 할지 몰라서 결국 카이로에게 골라달라고 했다.

사실 마지막 근무는 어떻게 시간이 갔는지 모르겠다. 빨리 감기를 한 것마냥 후다닥 사라져버린 시간들. 폭풍 같던 오늘의 근무 끝. 그리고 나의 토트넘 마지막 경기도 끝.

손님이 썰물처럼 빠져나간 스토어에서 나는 혼자 기념품으로 선물할만한 열쇠고리, 카드지갑, 핀 뱃지 등을 골랐다. 그리고 나서 하나둘 모여드는 스태프들과 한 명 한 명 기념 촬영을 하고 꼬옥 안아줬다. 한 명씩 사진을 찍다가 갑자기 툭 터져버린 눈물. 그 이후로 모든 사진이 눈은 울고 입은 웃는 호러물. 뒤이어 나의 보스 맨디프가 다가왔다.

"송희, 그동안 고마웠어. 넌 정말 대단했고, 멋졌고, 웸블리에서도 TE에서도 너는 없어서는 안될 존재였어. 네가 토트넘에 언제 돌아오든지 우리는 널 환영할 거야."

그렇게 따뜻한 박수와 함께 눈시울이 붉어진 채로 마무리하는데 뒤늦게 팀 리더 체즈니가 "오, 송희 송희"하며 스태프룸에서 뛰어나왔다. 체즈니는 일할 때 세상 듬직한 리더였지만, 내가 라커에 짐을 넣고 있을 때 뒤에서 쿡 찌르고 아닌 척 장난을 거는 등 친구처럼 편안하게 해줘서, 처음부터 많이 의지했다. 체즈니를 본 그때부터 꾹꾹 눌렀던 눈물이 폭발해버렸다. 나는 스토어가 떠나가라 엉엉 울었다.

체즈니가 울지 말라고 안아주는 데 눈물이 더 터졌다. 체즈니가 꼭 나를 보러 한국에 갈테니까 울지말라고 할 때는 대성통곡했다. 첫 출근날, 아무것도 모르는 나를 데리고 웸블리 직원식당도 가주고, TE에 손흥민 선수가 온 날에는 오프였던 나에게 전화해 현장에 불러줬던 것들 모두 너무 고마웠다고 울면서 다 얘기했다.

겨우 울음을 멈추고 다시 짐을 싸서 가는 중, 이번에는 카이로가 선물을 골라놨다고 프린팅룸으로 오라고 불렀다. 나는 또 엉엉 울면서 프린팅룸 들어갔다. 온 얼굴이 눈물로 뒤덮인 내게 카이로가 선물로 집업 재킷을 줬다. 근무 날마다 손님들이 입어보고 간 이 집업 지퍼를 미친듯이 올리느라 '제일 꼴 보기 싫은 옷' 1순위였는데 내 거니까 예뻐 보여.

리테일 팀 매니저, 팀 리더들이 직접 쓴 카드와 손흥민 버블헤드 인형을 줬다. 또 NFL(미국 프로 미식축구) 덕후 마이클이 준 NFL 스카프와, 나보다 한국 음식을 더 잘 만드는 '영국 백종원' 로지가 준 엽서, 또 항상 나를 잘 챙겨줬던 아멧이 준 런던 아이 스노 볼까지. 스태프들과 차례차례 인사하고 엉엉 우느라 정신없던 나를 기다려준 토트넘 베프들과 리빙 파티를 떠났다.

식당 대기를 기다리는 동안 말없이 사라졌던 콰니와 믹키가 버섯 모양 무드등을 들고서 갑자기 등장했다. 미쳤다! 이 세상 센스가 아니다! 이들은 내 이름과 발음이 비슷해서 한국에서 별명이 '양송이버섯'이라고 말했던 걸 용케 기억하고 있었다. 심지어 몰래 카드까지 써왔는데 'Dear. 양송희' 라고 한국어로 쓴 것이 아닌가. 내 이름을 한국어로 어떻게 알았냐고 감동의 샤우팅을 지르니까, 내 인스타그램에서 찾아서 따라 썼다는 믹키의 설명. 특히 콰니의 편지는 무척 감동이었다.

> 우리 처음 같은 근무 조였던 맨시티전부터 매주 금요일 근무, 그리고 경기 날까지. 네가 특별한 걸 하지 않아도 너는 즐거움과 행복으로 가득찬 공 같았어. 너는 영국에 배우러 왔다고 했지만 사실 너를 통해 내가 배운 게 더 많아. 정말 고맙고, 우리 조만간 또 볼거니까 마지막이라는 말은 안 할게.

식사를 마친 뒤 한참 수다를 떨며 오늘 내 기분처럼 울었다가 웃었다가를 반복했다. 한참 웃다가 시작된 진지한 대화에서 콰니가 나에게 "You're the most genuine person I've met(너는 내가 만난 사람 중 가장 진실된 사람이야)"라고 말해줘서 또 울었다. 네… 햄버거집에서 우는 여자가 접니다…. 한국 드라마를 즐겨보는 덕에 우리말을 조금 할 줄 아는 싸이마는 "엉니~ 울쥐 뫄~ 힘내~" 하고 나를 토닥였다.

밥 먹고, 수다 떨고, 기념사진까지 다 찍은 뒤 마지막으로 안아주며 인사를 나눴다. 아멧을 안아주고 지인이를 안아주다가 또 갑자기 눈물샘 재오픈. 아, 오늘 몇 번을 우는 거야? 그렇게 아멧과 지인은 지하철역으로 가고 나는 믹키, 싸이마, 콰니랑 같이 버스 정류장 방향으로 걸어갔다. 그런데 왜 이렇게 눈물이 안 멈추는지, 소리내어 엉엉 울며 걸어갔다. 오늘은 정말 눈물이 안 멈추는데, 방법이 없다고.

엉엉 울며 집으로 돌아왔더니 한국에서 친구 결로가 보낸 편지 한 통이 와있었다. 굿 타이밍.

편지 쓰다 보니까 엄청 보고 싶다. 얼른 만나서 블로그로는 못 다한 이야기를 하고 싶어. 다른 공간과 시차로 인해 다른 시간 속에 사는 느낌이 신기하면서도 너무나 궁금하기도 해.

이제 우리에게는 '성장'이라는 단어보다는 '단단해진다'는 단어가 어울린대. 어떤 책에서 읽었는데 나는 정말 그렇더라구. 런던과 유럽의 여행지에서 느끼는 모든 감정과 흐르는 생각들로 송희의 앞으로 인생이 더욱 단단해지기를 바랄게.

오늘은 눈물이 흐르다 못 해 콸콸 쏟아지는 날이구나. 토트넘에서 8개월간 누구보다 간절하게 열심히 일했고, 그만큼 인정도 받고 사랑도 받았다. 적어도 토트넘에서 보낸 시간은 단 한 번도 허투루 쓴 적이 없다고 자신있게 말할 수 있으니까.

대단한 직무는 아니였어도 감히 내 도전은 아름다웠다. 몇 경기 남지 않은 시즌의 마지막을 끝까지 함께 하지 못 해 아쉽지만, 언젠가 이곳에서 맞이할 이별의 슬픔을 조금 더 일찍 경험한 걸로 해 둬야지.

이곳에서 토트넘의 양송희여서 정말, 진심으로, 너무나 행복했어요.

○

왜 한글 유니폼을 안 사는 거야?

토트넘 스토어에서 일하는 동안 종종 나에게 셀카 요청을 하는 한국인 분들이 있었다. 처음에는 당황하며 나와 왜 사진을 찍냐고 물었더니, 한국인이 여기서 일하니까 반가운 마음에 인증샷을 남기고 싶다는 대답이 돌아왔다. 매번 민망해하며 사진을 찍던 어느 날, 나는 그날따라 다섯 차례나 사진 요청을 받았다. 마크는 나에게 "너 한국에서 유명하냐"고 넌지시 물었다. 아니… 하나도 안 유명한데….

스토어에서 일하는 동안 나는 한국인이라는 이유 하나만으로 때로는 누군가의 반가움이었고, 때로는 누군가의 통역사였고, 또 향수이기도 했다. 이처럼 경기 날마다 수많은 한국인 손님들을 만났고, 영국에서 보내는 그 어떤 날보다 한국어를 많이 썼다. 덕분에 토트넘 동료들에게 한국어를 가르쳐줄 기회도 많았다.

하루는 출근했더니 '손흥민'이라고 정직한 맑은고딕체로 써 있는 손흥민 선수의 한글 유니폼이 걸려있는 것 아닌가. 나는 내 눈을 의심했다. 첫 번째는 한글이어서, 두 번째는 너무 촌스러워서.

'헉, 이걸 누가 사.'

보자마자 든 생각이었지만, 매니저 맨디프와 폴 부장님은 오늘의 야심작이라는 듯이 두 눈을 빛냈다. 나에게는 "이거 많이 팔아야 돼. 송희의 임무가 중요하다"고 강조하며. 하지만 저는 이미 한국인들이 이걸 안 살거라는 것을 알고 있는데요…. 마침 스토어에 있던 한국인 고객분들한테 어떠냐고 물어봤지만, 다들 충격적인 글씨체에 나처럼 경악했다.

당연히 이날 내내 한글 유니폼은 잘 안 팔렸고, 시무룩해진 폴 부장님이 나를 부르더니 진지하게 왜 한국인들이 이 유니폼을 사지 않느냐고 물었다. 왜 이 야심작이 팔리지 않는지 어리둥절해 하는 직원들의 얼굴에 대고 차마 얼마나 촌스러운지 말할 수 없었다. 나는 머리를 긁적이며 아주 돌려 돌려 설명했다. 핸드폰으로 K리그 유니폼의 선수 이름 글씨체를 예시로 보여줬지만, 이들에게 한글은 낯선 문자여서인지 한눈에 차이점을 알아보지 못 했다.

문제의 맑은고딕체 유니폼

게다가 케이는 손흥민 한글 유니폼을 보고는 'S, O, N'이 차례대로 '손, 흥, 민'이냐고 물었다. 이건 풀네임이고, '손'만 가리키면서 ㅅ은 S, ㅗ는 O, ㄴ은 N이라고 알려주자 한글은 왜 이렇게 알파벳이 많냐고 깜짝 놀라는 거다. 이 이야기가 흥미로웠는지 폴 부장님과 맨디프까지 와서 내 설명을 같이 들으며 신기해했다.

떠오르는 한국어 관련 에피소드 하나 더. 한참 일하고 있던 어느 날 케이가 통역을 부탁했다. 한국인 손님이 유니폼을 사고 맡겨놓은 뒤 경기 후에 가지러 와도 되냐고 물었고, 나는 경기 날 스토어가 혼잡하고 보관할 공간이 없어서 어렵다고 했다. 그 손님이 간 뒤 케이가 무슨 대화였냐고 물어봤다. 그대로 설명해줬더니 케이의 표정이 아리송했다. 그 손님이 자기한테 보여준 핸드폰 번역 어플에는 대략 스토어에서 사고가 일어나는 것에 대한 질문이 있었다고 했다.

알고 보니 그 한국인 손님은 '구매'의 의미로 '사고buy'를 말한 건데, 번역기가 '사건, 사고'의 '사고accident'로 번역한 것. 나는 웃느라 눈물이 다 났다. 스토어에서 매번 반복되는 다양한 에피소드는 나를 지루할 틈이 없게 했고, 먼 타국에서 이방인으로서의 외로움보다는 이방인이어서 경험할 수 있는 이야깃거리를 만들어줬다.

○

외국인 노동자의 현지 적응기

같은 홈스테이 집 3층에 사는 슬기 언니는 꽃을 배우기 위해 직장을 관두고 런던으로 와 맥퀸즈 플라워 스쿨에서 교육을 수료하고 인턴을 하고 있었다. 같은 한국 사람인데다가 우연히 고향도 같아 우리는 금세 친해졌다. 하루는 언니와 함께 '런던의 합정'이라고도 불리는 핫플레이스 쇼디치Shoreditch에서 저녁을 먹고 집에 돌아가는 길이었는데, 언니가 핸드폰을 보고 외마디 비명을 지르는 거다. 매니저한테 오늘 밤 12시에 근무를 할 수 있는지 연락이 왔다고 했다. 이미 꽤 늦은 시간이었다.

"언니, 갈 거예요?"

"당연히 가야지. 이렇게 기회를 줄 때 거절하면, 나중에 영영 기회가 안 올지도 몰라."

나는 언니가 안쓰러우면서도 그 심정을 백번 이해했다. 나는 런던의 살인적인 집세와 물가를 감당하기 위해 토트넘 외에 식당에서도 파트타임으로 일했다. 투잡을 뛰다보니 스케줄이 꼬일때면 야간 경기 근무를 끝낸 다음 날 아침 일찍 식당에 가거나, 심지어 하루에 토트넘과 식당을 동시에 나가는 살인적인 일정도 있었다. 더러 일주일 내내 못 쉬는 날이 있기도 했다.

이렇게 무리해서 일하면 몸이 힘들 것이라는 걸 잘 알았다. 또한 제안을 충분히 거절할 수 있다는 것도 알았다. 하지만 나도 슬기 언니와 마찬가지로 기회를 줄 때 놓치기 싫어서 토트넘에서 추가 근무 제안이 올 때마다 바로 달려나갔다.

처음 토트넘에 채용됐을 때 주요 업무는 경기나 이벤트 날 근무였지만, 그중에서도 성실하고 열정적이어서 매니저와 팀리더들에게 좋은 평가를 받는 직원들은 추가 근무 제안을 받았다. 단순히 돈이 목적이 아니라 토트넘에서 인정받고 더 많은 시간을 일하고 싶던 나에게 추가 근무 제안은 너무 간절했다. 하지만 나를 제외하고 모든 직원이 영국인밖에 없는 곳에서 나에게도 과연 기회가 올까 싶었다.

그러던 어느 날, 담당자 아비에게 기적같이 추가 근무 관련 메일이 왔다. 메일에는 "I haven't asked everyone(모두에게 제안하지는 않았어요)"이라고 적혀있었다. 이 말이 얼마나 감사하게 읽히던지. 그렇게 나는 또 하나의 문턱을 넘었다.

토트넘에서의 근무가 어떤 이에게는 단순한 '일'이였을지 몰라도, 나에게는 매 순간이 '기적'같았다. 그저 꿈만 같던 곳에서 일하는 것으로도 모자라 그들이 나를 인정해주고, 나를 필요로 한다는 것은 모든 고생을 잊게 만들었다. 내가 하는 일이 대단한 직무는 아니었어도, 나는 항상 그 안에서 대단한 것을 얻었다.

경기 날이 아닐 때 스토어는 한가한 편이었지만, 그 안에서도 재밌는 에피소드들이 있었다. 또 덜 바쁜 만큼 직원끼리 대화할 일이 많아 나는 평소 잘 모르던 영어 표현을 물어보고 배우곤 했다. 나는 이 시간을 '토트넘 영어학원'이라고 불렀다. 반대로 스토어에 워낙 한국인들이 많이 오니까 직원들이 나에게 "Hello, Thank you"가 뭔지 한국어로 배우고, 한국인 손님들을 응대한 뒤 손님들이 알아들으면 신기하고 재밌어했다.

한번은 백오피스에서 옷걸이를 정리하는데 직원 한 명이 나를 보고 한국말로 "안녕?"하고 인사를 하는 거다. 놀라서 어떻게 알았냐고 물어보니 내가 지난번에 가르쳐줬단다. 하도 여러 사람한테 알려주니 나중에는 누구에게 알려줬나 기억이 안 날 지경이었다.

웸블리 스토어는 매장도 작고 뭐가 어디 있는지 다 꿰고 있었다. 하지만 TE는 매장이 큰만큼 상품군도 다양했다. 특히 처음으로 키즈 섹션에 배정받은 날은 아기용품 명칭을 영어로 거의 몰라서, 일일이 상표를 뒤집어가며 열심히 단어 공부를 하기도 했다. 게다가 TE에서는 운동화와 축구화까지 판매했는데, 문제는 사이즈 단위였다. 나는 우리나라 신발 사이즈 단위인 밀리미터에 익숙한 사람이었던 터라, 처음에는 영국 사이즈 개념이 낯설어서 인터넷을 뒤져 공부하기도 했다.

내 노력이 가상했는지 한국인 손님 외에 종종 영국 손님들에게도 칭찬을 받기도 했다. 하루는 어떤 영국인 남자 손님이 매치 데이 프로그램(경기 날 판매하는 구단 소식지)에서 델레 알리가 입고있던 '토트넘홋스퍼'라고 써있는 까만 반팔 티셔츠가 어디있냐고 물었다. 예? 델레가 어디서 뭘 입었죠?

어느 경기 프로그램인지 물어보니 손님은 맨시티전이라고 답했다. 나는 기다려달라고 한 뒤 백오피스에 가서 지난 맨시티전 매치 데이 프로그램을 찾았다. 재빨리 프로그램의 페이지를 넘기며 월리를 찾아라처럼 델레를 찾았다. 마침내 등장한 델레. 아, 이 옷!

내가 의기양양한 표정으로 매치 데이 프로그램과 티셔츠를 들고 나타나자 그 손님은 활짝 웃으면서 정말 친절한 직원이라고 칭찬해줬다. 이게 뭐라고 그렇게 흐뭇하던지.

첫 출근날 '트레이너'를 신고 오라는 공지에 트레이너가 운동화인지도 몰랐고, '브이넥 점퍼'를 보여달라는 손님의 요청에 당당히 재킷을 보여줬지만 알고 보니 영국은 점퍼가 스웨터였다. 동료들의 '라디오' 가지고 있냐는 질문에 라디오가 무전기였다는 걸 나중에서야 알게 됐던 어리버리 외국인 노동자에서 나는 조금씩 발전해가고 있었다.

○

그분이 등장하다! 손.흥.민

전날 토트넘홋스퍼 스타디움에서 전쟁 같은 테스트 이벤트를 치르고 일어난 아침이었다. 빨래하러 고작 집 계단을 오르락내리락 하는데도 다리와 발이 너무 아팠다. 요 며칠 토트넘과 식당 일이 모두 힘들긴 했다. 침대에 누워 어제 다 못 쓴 글을 블로그에 쓰고 있는데, 모르는 번호로 전화가 걸려왔다.

"여보세요?"

"송희, 나 팀 리더 체즈니야. 오늘 이벤트가 있는데 올 수 있어?"

"미안한데 나 오늘 오후에 다른 일이 있어서 못 가."

"정말? 오늘 쏘니가 오거든. 네가 도와줬으면 해서."

"어??? 뭐라고?????"

네?? 누가 온다고요??? 손흥민이요????? 쏘니Sonny는 손흥민 선수의 애칭이다. 체즈니한테 나 진짜 가고 싶은데 오후 4시에 다른 일이 있다고 했더니(식당 망했으면!!!), 그 정도 시간이면 괜찮다며 일단 몇 시까지 스토어에 올 수 있냐고 했다. 12시까지 갈 수 있을 것 같다고 했더니 잘됐다고 어차피 쏘니는 1시에 온다고 하는거다.

전화를 끊고 발등에 불이 떨어진 나는 시간이 없어서 머리도 못 감고, 화장도 못 했다. 심지어 토트넘 근무복도 아침에 빨아 널어놨는데!!! 눈물을 머금고 드라이기로 말려서 겨우 입고 나갔다.

전화 받은 지 정확히 20분 만에 준비 완료. 지하철을 타러 가면서도 "빨리 좀 알려주지, 왜 지금 알려주냐고" 혼잣말을 하며 얼떨떨한 심정을 달랬다. 체즈니의 전화를 오전 10시 13분에 받았는데, 스토어에 오전 11시 40분에 도착했다. 우리 집에서 TE까지 원래는 1시간이 넘게 걸린다. 정말 거지꼴을 하고 아무 준비 없이 튀어나갔단 소리다. 헐레벌떡 들어간 스태프룸 화이트보드에 써 있는 공지.

12.17 Monday player 1st team in store 1hr anytime between 1-2pm / 2-3pm

12월 17일(월) 1군 선수단 약 1시간 스토어 방문(1~2시, 2~3시).

세상에! 이거였구나! 지난 사우샘프턴전때 폴 부장님이 17일날 이벤트가 있는데 통역을 해줄 수 있는지 넌지시 물어봤었는데, 그게 손흥민 선수가 오는 거였다니. 나는 12시부터 근무를 시작했고, 오늘 손흥민 선수가 온다는 사실에 이미 직원들도 분위기가 술렁였다. 내가 말해주기 전까지 손흥민 선수가 오는지 모르고 있던 멜리샤는 내 말을 듣고 거의 울려고 했다.

"진짜 쏘니가 와? 100퍼센트 확실히 와? 넌 어떻게 알았어? 쏘니 너무 멋있잖아! 우리 사진 찍을 수 있을까?"

내가 100퍼센트 온다고, 그래서 난 오늘 쉬는 날인데 갑자기 전화 받고 출근한 거라고 멜리샤를 안심시켰다.

한참 일하고 있는데 폴 부장님이 나를 부르더니, 지금 스토어에 한국인 남자 손님 몇 명이 있으니 가서 오늘 손흥민 선수가 온다는 걸 알려주라고 했다. 대신 너무 사람이 몰리면 안 되니까 어디 알리지 말고 그 손님들만 알게 해달라고 부탁했다. 나는 그 손님들한테 쓱 다가갔다.

"오늘 1시 여기에 손흥민 선수가 와요."

남자 손님들 세 명이 깜짝 놀라서 동시에 소리를 질렀다.

"대신 SNS에 올리거나 미리 다른 사람들한테 알려주면 안 됩니다."

"아 네네. 그럼요. 절대 안 올릴게요. 저… 그런데 엄마한테는 말해도 돼요?

순간 빵 터졌다. 혹시 1시보다 조금 늦게 올 수도 있다고 했더니, 저녁까지 기다릴 수 있대서 2차로 빵 터졌다.

이윽고 1시가 지났다. 하지만 손흥민 선수는 아직 도착하지 않았다. 식당에 출근하려면 2시 반에는 출발해야 하는데, 못 보고 가면 어떡하나 발을 동동 구르던 중이었다. 갑자기 멜리사가 잔뜩 흥분한 채로 나에게 와서 지금 손흥민 선수가 왔다고 했다. 그런데 이상한 선글라스와 가발을 쓰고 스태프룸으로 들어갔다길래 이게 무슨 소리일까 어리둥절 했다.

잠시 후 진짜 손흥민 선수는 요란한 가발과 선글라스 차림으로 변장을 하고 귀에는 이어폰을 꽂은 채 스토어를 돌아다녔다. 토트넘에서 준비한 이벤트 내용은 이러했다. 손흥민 선수와 벤 데이비스 선수가 스토어 직원인 척 손님들 사이를 돌아다니고 들키지 않는 미션이었다. 그런데 이미 그들의 차림새가 너무나 수상해서, 몇몇 손님들은 "Maybe Son… Maybe Son…(아마 손흥민일 거야)"하며 수군댔다.

두 선수는 나중에 가발과 선글라스를 벗고 정체를 공개한 뒤 스토어에서 직접 유니폼 프린팅 등 시범을 보이고, 스토어에 있는 팬들에게 싸인해주며 사진을 찍고 있었다. 나는 그 광경을 부러운 눈으로 구경하고 있는데, 갑자기 체즈니가 언제 출발해야 하냐고 묻는거다. 이제 곧 가야 된다고 했더니, 그럼 사복으로 갈아입고 와서 손흥민 선수와 사진 찍고 싸인을 받고 가라고 했다! 체즈니, 사랑해! 나의 천사!

손흥민 선수는 실물이 훨씬 더 멋졌다. 연예인보다 더 연예인 같아서, 나는 손을 벌벌 떨며 싸인도 받고 사진도 찍었다. 토트넘에서 일하는 내내 손흥민 선수를 실제로 보게 되면 고맙다는 말을 꼭 해주고 싶었다. 하지만 이날 계속 영상 카메라가 손흥민 선수를 찍고 있는 데다, 주변에 팬들이 많아 그 말을 차마 전하지 못 했다. 나는 그간 진심으로 손흥민 선수에게 고마운 마음을 항상 가지고 있었다. 손흥민 선수의 활약 덕에 내게도 이런 기회가 온 것이라 생각했기 때문이다.

경기 날마다 손흥민 유니폼은 불티나게 팔렸고, 그 가운데 한국인들의 수요가 엄청났다. 한국인 손님들의 환불, 교환, 세금 환급 등 기타 모든 문의 사항은 나에게 왔고, 매니저를 포함해 모든 직원들이 한국인 손님을 응대하다 해결이 안 될 때는 늘 나를 찾아 통역을 부탁했다. 덕분에 늘 몸이 모자랄 정도로 바빴지만, 그래서 좋았다. 한국인으로 태어나 한국어를 할 줄 아는 건 당연한 일이었지만, 이곳에서는 마치 하나의 스펙인 것 처럼 나를 특별한 사람으로 만들어줬다. 먼 나라 이국땅에서 내가 필요한 사람이 된 느낌은 말로 표현할 수 없을 만큼 벅찼다.

어느 날은 손흥민 선수의 유니폼이 품절 돼 계속되는 설명에 지친 에이든이 나에게 한국어 안내문을 부탁했다. 내가 그 자리에서 바로 작성해주자 마치 해리 포터가 마법을 부리는 것을 보듯이 나를 쳐다봤다. 자연스레 같이 일하는 동료들과 현지 팬들의 관심도 치솟았다. 어떤 직원은 한국에서 BTS와 손흥민 중 누가 인기가 더 많냐고 물어봤고, 영국인 손님 한 사람은 손흥민 선수가 아시아에서 베컴 같은 존재냐고 묻기도 했다.

토트넘 스토어의 한글 안내문

그야말로 '손흥민'이라는 한국인 선수가 토트넘에서 전설을 써 내려갈 때, 덕분에 어떤 한국인도 그의 유니폼을 팔며 고군분투하고 있었다. 대리 뿌듯함은 덤으로 얻은 채.

○

이 모든 건 완벽한 타이밍

토트넘에서 일하는 동안 좋았던 일은 셀 수 없이 많았는데, 이 모든 건 '완벽한 타이밍' 덕분이었다. 먼저 한국인인 손흥민 선수가 토트넘에서 대활약을 펼치던 시기에 그곳에서 일했던 게 가장 좋았다. 어쩌면 이 모든 경험의 시작은 손흥민 선수의 활약과 인기 덕분이었다. 한국인 팬들의 수요가 늘자 토트넘 스토어는 자연스레 한국말을 할 줄 아는 직원이 필요했고, 나는 해외 구단의 경험이 필요했으니 그야말로 환상의 타이밍이었다. 그 결과 영국 현지에서 손흥민 선수의 인기와 그 위상을 두 눈으로 확인하며 참 즐겁게 일할 수 있었다.

두 번째는 내가 근무한 2018-2019시즌에 토트넘과 NFL이 파트너십을 맺은 것이다. NFL 몇 경기가 웸블리 스타디움에서 열렸고, 덕분에 EPL과는 또 다른 경기 분위기를 경험할 수 있었다. 예를 들면 NFL 경기 날은 스토어 입구에 DJ가 있어서 운영 시간 내내 DJ가 신나는 노래를 계속 디제잉했다. 또 입구에 배치된 직원 2명은 DJ의 음악에 맞춰 춤을 추면서 스토어에 들어오는 손님을 환영하고, 일일이 하이파이브까지 해줬다. 어찌나 흥을 돋우며 환영을 하는지 이미 스토어에 들어올 때 춤추면서 들어오는 손님들이 대부분이었다.

NFL 팬들 성향도 토트넘 팬들과는 달라 보였다. 복장도 EPL 팬들보다 훨씬 화려했고, 스토어 분위기 때문인지 전체적으로 흥이 넘쳐 보였다. 같은 공간, 같은 경기장이지만 다른 종목, 다른 팬들로 인해 달라지는 확연한 온도 차이. 이 때문에 NFL 경기 날은 영국이 아니라 미국에 있는 것 같았다.

세 번째는 토트넘홋스퍼 스타디움의 신축 공사 덕분에 웸블리 스타디움과 토트넘홋스퍼 스타디움을 모두 경험해본 것이다. 웸블리에서 두 집 살림(토트넘, 잉글랜드 대표팀)부터 시작해 새 경기장의 역사적인 개장까지.

먼저 웸블리에서는 잉글랜드 국가대표팀 A매치 근무에 투입되는 기회를 얻었다. 미국과 평가전, 크로아티아와 UEFA 네이션스리그 조별 예선 총 2경기였고, 이날은 잉글랜드 축구협회 직원들과 근무를 함께 했다. 판매하는 상품만 토트넘 상품에서 잉글랜드 국가대표 상품으로 바뀌었을 뿐 근무 내용은 비슷했다. 단, 온갖 EPL 구단 팬들이 잉글랜드 국가대표 아래 '위 아더 월드'되는 흥미로운 모습을 볼 수 있었다.

부모님 손을 잡고 온 꼬마에게 "어느 구단 좋아해?"라고 물어보면 하나같이 응원 팀이 있는 게 신기하고 부러웠다. 리버풀을 좋아한다는 어떤 꼬맹이는 내 동료 믹키에게 어느 팀을 좋아하는지 물었다. 믹키가 웨스트햄을 좋아한다니까 심드렁한 표정으로 성의 없이 짝짝짝 박수를 쳤다. 정말 웃기고 귀여웠던 그 꼬맹이는 어디서 그런걸 배운 걸까.

A매치 경기 후 퇴근길은 장난이 아니었다. 평소 웸블리파크역까지는 걸어서 10분 거리였는데, A매치 날에는 도로가 사람으로 꽉 차 50분은 걸릴 정도로 지독했다. 하지만 다 같이 늘어선 팬들이 목청 높여 부르는 대표팀 응원가 덕에 그것마

저 재밌는 경험이었다.

토트넘홋스퍼 스타디움으로 옮겨가는 과정 역시 인상적이었다. 토트넘은 철저하게 팬들의 즐거운 경험을 기반으로 경기장을 설계하며, 전 세계 축구 구단을 통틀어 가장 큰 규모의 리테일 스토어를 만들었다. 토트넘은 경기장 개장의 시행착오를 줄이기 위해 각종 테스트 이벤트를 실시했다. 시즌권자 초청 이벤트, 레전드 매치, 유소년 경기 등으로 먼저 시범 운영을 하며 개선점을 적극 찾았다. 또 나를 포함한 직원들을 미리 스타디움 투어를 시키며 동선을 숙지하게 하고, 현장의 목소리를 들었다. 실제 개장 후 팬들의 혼선을 방지하기 위한 만반의 준비였다.

EPL은 이미 완벽한 시장성을 갖췄으니 막연히 좋은 선수만 데려가는 것이 전부라고 생각했지만, 그건 오산이었다. 곁에서 지켜본 이들의 모든 일은 철저하게 팬들을 위한 것이었다. 이걸 바로 옆에서 보고 듣는 경험은 정말 돈으로도 살 수 없는 것이었다. 완벽한 타이밍 덕분에 평생 모르고 살 수도 있었을 것들을 보고 들으며 배웠다. 정말 돈으로 살 수 없을 만큼 가치 있는 시간이었고, 덕분에 나는 또 한 뼘 자라 있었다.

○

내가 가야 길이 된다

영국에 온 지 얼마 안 됐을 때, 나는 방문 앞에 짧은 글귀 하나를 포스트잇에 꾹꾹 눌러 적어 붙여놨다. 이따금씩 고독한 타국살이를 이겨내려는 일종의 자기 주문이었다.

양송희가 가야 길이 된다.

아무도 모르는 곳에서 아무도 해보지 않은 일을 한다는 게 얼마나 영광스러우면서도 외로운 일인지. 어느 날은 외로움을 잘라내듯 지나간 날들의 달력을 자르기도 했다. 그렇게 하면 달력의 면적이 줄어드니 조금이나마 한국으로 돌아갈 날이 적게 남은 것처럼 보일까봐서 였다. 얼마나 한국이 가고 싶으면 이런 짓까지 할까. 달력에 가위질을 하는 내 자신이 웃겼다.

게다가 영국에 있는 동안 참 많이, 그리고 자주 아팠다. 아프면 서럽다는데 타국에서 아프니 서러움도 곱절이었다. 결막염을 앓으면서 병원을 들락날락거리고 온갖 약을 다 써봐도 낫지 않아 두 달을 새빨간 토끼 눈으로 살았다. 증세가 어찌나 심했는지 햇빛만 봐도 눈물을 줄줄 흘렸다. 동시에 두피염까지 앓느라 두피에 진물이 흘러서 자고 일어나면 베개가 다 축축했다.

그나마 다행인 것은 의무로 가입하는 영국 건강보험 GP 외에 따로 한국에서 사설 의료 보험을 가입하고 간 것이었다. 그때 워낙 병원을 자주 다니니까 병원 데스크 직원은 나를 보며 “요즘 내 남편보다 널 자주 보는 것 같아”라고 말할 정도였다.

집 계단에서 발목을 접질러서 병원에 가질 않나, 너무 많이 걷다 보니 발등에 무리가 오기도 하고, 심지어 귀국 한달 전에는 헬스장에서 러닝머신을 뛰다가 바에 부딪혀서 손가락이 퉁퉁 붓기도 했다. 또 하루종일 서있는 일은 얼마나 힘든 것인지. 가끔 퇴근 후 샤워하는 동안에도 다리가 너무 아파 몇 번을 쭈그려 앉기도 했다. 나는 한국에서는 특별히 크게 앓거나 병원에 입원해본 적도 없는 사람인데 영국에 있는 동안은 왜 그렇게 자주 아팠을까. 여전히 미스터리지만 덕분에 정신력은 무지하게 강해졌다.

영국에 있는 동안은 수면 장애도 있었다. 잠이 든 이후에도 매번 최소 다섯 번 이상은 깼다. 내가 자려고 누운 시간은 한국의 지인들이 눈을 뜨는 시간이었다. 처음에는 자다 깨서 카톡을 몇 번 주고 받다보니, 그게 습관이 되어 카톡을 하지 않아도 계속 깼다. 나는 마치 두 나라의 시차에 사는 사람 같았다. 이 습관이 만성이 되어 한국에서도 이럴까봐 덜컥 겁이 났지만, 다행히 한국에 돌아오자마자 깊은 잠을 잤다.

이런 힘든 시간을 겪는 동안 나에게 위로가 되어 준 건 블로그였다. 처음 블로그를 시작할 때는 단순히 영국에서의 시간을 기록하고 싶어서였고, 순전히 나를 위한 일이었다. 하나둘 기록하던 게 매일매일이 됐고, 그렇게 내 영국 생활의 가장 중요한 일상이 됐다. 물론 좋지만은 않았다. 가끔은 애증의 블로그였다. 시작은 소소한 일기였는데, 어느덧 보는 눈이 많아져서 간혹 겁도 났다.

누군지도 모르는 사람들에게 이렇게 내 사생활을 공개해도 되는 걸까? 난 평범한 일반인인데 이 말도 안 되는 조회 수는 무엇? 도대체 누가 보는 걸까? 내가 너무 사생활 이야기를 많이 썼나? 이미 올렸던 얼굴 나온 사진들은 지워야하나? 생각이 많아졌다. 심지어 토트넘 관련 부탁과 요청도 너무 많았고 무례한 경우도 종종 있곤 했다.

그럼에도 꾸준히 전체 공개로 블로그에 글을 썼던 이유는 그만큼 고마운 사람들도 정말 많았기 때문이다. 한국에 있는 지인들의 "블로그 잘 보고있다"는 응원은 언제나 큰 힘이 됐고, 무엇보다 모르는 사람들에게 받는 응원의 메시지는 얼떨떨할 정도로 감격스러웠다.

나 같은 평범한 사람이 누군가에게 동기 부여가 되고, 희망을 주고, 꿈이 된다는 사실이 신기하고 벅찼다. 그럴 때마다 그분들의 감사한 댓글과 메시지들을 몇 번씩 읽고 또 읽었다. 내가 누군가에게 동기 부여가 됐다는 사실이 나에게 또다른 동기 부여가 되는 기적. 그야말로 동기 부여의 선순환이었다. 그래서 늘 피로에 지친 밤에도 꾸역꾸역 블로그를 기록하곤 했다. '지금은 힘들어도 나중에 웃으면서 보는 날이 오겠지' 하고 말이다.

길고도 짧은 영국에서의 시간을 통해 얻은 건 셀 수 없이 많다. 하지만 무엇보다 소중한건 '나를 사랑하는 법'을 배웠다는 것이다. 가족도 친구도 없는 타국에 덩그러니 혼자 놓여진 채로, 믿을거라곤 나 하나밖에 없어서였는지는 모르겠다. 그 언제보다 나 자신에게 집중했고, 자연스레 나에 대해 배워갔고, 그러다보니 나를 사랑하게 됐다.

나는 이럴 때 외로움을 느끼는구나, 나는 이런 걸 좋아하는구나, 나는 힘들 때 이런 식으로 위로받는구나, 나는 생각보다 용감하구나 등등. 나조차도 몰랐던 '인간 양송희'를 배웠던 시간들. 그렇게 나에게 쌓여간 애정 덕분에 자의식 과잉인지 몰라도 내 자신이 너무 좋고 나에 대한 신뢰에서 오는 안정감이 스스로에게 큰 힘이 됐다.

뒤돌아보면 20대 초반에는 나는 나 자신을 그렇게 사랑하지 않았다. 나보다 잘난 수많은 사람들은 언제나 나의 비교 대상이었고, 나는 너무 쉽게 자신을 깎아내렸다. 지나간 일을 후회해봤자 아무 소용 없지만, 나는 왜 그때 스스로를 더 사랑하지 못 했는지 조금 안타깝다. 그래도 어쩌겠나, 다 지나간 일인

걸. 100세 시대니까 지금부터라도 70년은 더 사랑해야겠다.

어떤 마음으로 영국으로 떠났고, 어떤 마음으로 영국에서 지냈고, 어떤 마음으로 영국에서 돌아왔는지 하나도 잊지 않고 다 기억한다. 지금은 웃으며 추억하는 일들이 그때는 얼마나 절절했는지, 버거웠는지도 안다.

머무는 동안 내 감정 하나 때문에 영국은 아름다웠다가 끔찍했다가를 반복했다. 그래도 감사한 건 마지막으로 내가 떠나던 때의 영국은 아름답다 못해 사랑스러웠다. 앞으로도 살면서 계속 영국을 떠올리고, 추억하고, 그리워하겠지. 지구 반대편의 먼 나라에 내 손때 묻은 공간이 있고, 그 공간에 추억할 거리를 잔뜩 만들어놨다는 사실은 얼마나 낭만적인지. 나는 그곳에 나의 20대의 마지막과 30대의 시작을 고스란히 남겨놓고 왔다.

그러니까 종종 꺼내 보고, 또 열어 볼게.

그리고 많이 그리워할게.

아무것도 몰라야 더 재밌거든

영국에서 맞이한 연말은 묘했다. 연말이 주는 헛헛함과 연초가 주는 설렘이 교차했다. 멀어져가는 2018년의 뒷모습에 대고 말했다. 여태껏 살아온 중에 감히 내 인생 최고의 시간이었다고.

모험과도 같았던 영국살이를 선택해서, 혹은 대단한 무언가를 이루어서가 아니었다. 바로 지금껏 내가 알던 나 자신을 송두리째 뒤흔들었던 시간이었기 때문이다. 영국에서 사는 동안 좋은 일과 나쁜 일이 롤러코스터를 타듯 반복됐다. 1년 내내 산전수전을 겪다 보니 2018년만큼 연말의 내 모습이 궁금했던 적이 없었다. 그리고 드디어 그렇게 궁금했던 2018년 12월의 끝자락을 맞이했다.

연말의 양송희는 영국 런던에 있고, 1년 사이 몰라보게 성장했고, 가끔은 외롭지만 그래도 씩씩하게 잘살고 있고, 여전히 말로만 다이어트를 하고 있으며, 그럼에도 스스로를 무척 사랑하고 있었다.

영국에서는 멀쩡히 잘 살다가도 간혹 타국의 삶이 막막했다. 너무 큰 세상에 홀로 놓여있는 것 같아서, 마치 내가 망망대해에 둥둥 떠 있는 조각배 같았다. 가끔 외로움이 사무칠 때면, 결말이 궁금해 빨리 감기 해버리고 싶은 영화처럼 조바심을 냈다. 하지만 힘든 순간이 올 때마다 이건 반드시 이번 단계를 깨야 다음 단계로 갈 수 있는 게임 퀘스트라고 생각했다.

나는 이 낯선 나라에서 내 꿈을 위한 도전을 하고, 동시에 어느 상황이건 스스로를 지켜야 했다. 따라서 내가 영국에서 무슨 일을 겪든지 내 인생에 더 많은 이야깃거리가 생기고 있다고 믿었다. 그리고 이 이야기를 더 재미있게 만들기 위해서는 주인공이 행복해야 한다는 것도.

한국 나이 30살에 영국으로 왔다. 그런데 영국은 만 나이를 쓰는 덕에 나는 도로 29살이 되어있었다. 덕분에 20대를 두 번 사는 행운을 누렸다. 이 행운은 마치 20대 때 하지 못 해 아쉬운 게 있다면 마음껏 해보라고 덤으로 주어진 추가 시간 같았다.

비록 나의 워킹 홀리데이는 런던의 살인적인 물가 속에서 살아남기 위해 '워킹'의 비율이 '홀리데이'보다 압도적이었지만, 그렇다고 매일 일만 한 것은 아니었다.

먼저 동네 도서관을 쏠쏠하게 이용했다. 성인 책은 너무 글씨가 작고 두꺼워 영어로 끝까지 읽을 엄두가 나지 않았다. 그래서 주로 청소년 책 위주로 다양하게 빌려봤다. 게다가 영국은 축구 소재의 책이 분야별로 매우 다양해 흥미로운 책들도 많았다. 또 도서관에서 저렴한 가격으로 운영하는 줌바댄스, 요가 등 원데이 클래스를 다니거나 동네 헬스장에 등록해 꾸준히 운동을 했다. 영국에서 잠깐 머무는 여행자가 아닌, 장기 거주자의 삶을 살며 최대한 다양한 걸 경험해보고 싶은 욕심이었다.

가끔은 나 스스로에게 매주 미션을 주곤 했다. 한 주는 채식, 한 주는 매일 팝송 가사 외우기 등 대단하지 않아도 미션을 하나씩 성공할 때마다 나름의 성취감이 느껴졌다.

영국에서 내 지갑은 항상 가벼웠지만, 가끔은 소소한 사치도 부렸다. 뮤지컬의 문외한이던 나였지만 런던에서 〈킹키부츠〉, 〈알라딘〉, 〈라이온 킹〉 등 유명 뮤지컬을 다섯 편이나 봤다. 처음 뮤지컬을 보던 날 감동과 전율에 눈물이 찔끔 나기도 했다. 가끔은 영화도 봤다. 비록 자막이 없어서 반은 알아듣고 반은 못 알아들어도 영화관을 가는 자체가 재밌었다.

때로는 소소함 이상의 사치도 부리며 여행을 떠났다. 프랑스 파리, 네덜란드 암스테르담, 아일랜드 더블린 등. 이 중에서도 유일하게 혼자 떠난 여행이자 셀프 생일 선물이었던 암스테르담에서 시간은 더 특별했다.

나는 암스테르담의 숙소 침대에 누워서, 2019년 4월 3일에서 4일로 넘어가는 자정이 되자마자 미리 추천받은 노래를 재생했다. 일부러 생일날 들으려고 아껴놨던 노래였다.

다시 태어난 듯한 기분
산뜻한 기운
축하하는 일은 정말 행복한 일
즐겨 이런 게 사는 맛이군
(중략)

넌 대접받을 자격 있어

지나버린 힘든 기억은 잊어

♬ Birthday Remix – 박재범(feat.Ugly Duck, Woodie gochild, Hoody)

이어폰으로 들려오는 가사 한 구절 한 구절이 나를 축하했고, 또 동시에 위로했다. 태어나서 처음으로 혼자 맞는 생일, 그리고 이제 만 나이로도 빼도 박도 못 하는 서른으로 복귀. 불과 1년 전 생일만해도 내가 서른인걸 받아들일 수가 없어서 현실을 부정했는데, 이제야 비로소 그 무게를 견딜 수 있을 것 같았다.

한국도 영국도 아닌, 네덜란드에서 생일을 맞이하며 인생은 생각대로 흘러가지 않는다는 걸 실감했다. 그래서 재밌는 거라고, 그러니까 또 다음 해의 내가 궁금해졌다.

스포는 필요 없어. 아무것도 몰라야 더 재밌거든.

다시 한국으로 돌아왔을 때는 여기에 한국 나이로 두 살을 뚝딱 먹은 채 31살이 되었지만, 나를 단단하게 만들어준 영국에서의 시간 덕분에 더 이상 30대의 무게가 낯설지 않았다. 영국으로 떠나며 주어졌던 20대의 추가 시간을 아주 꼭꼭 채워 썼고, 더할 나위 없었다.

영국에서 얻은 설렘과 행복함이 얼마나 컸는지, 오랜 시간이 흐른 뒤에도 이 감정을 꼭 기억하겠노라 다짐했다.

○

떡볶이가
먹고 싶을 땐
언제든지 먹도록

매일 아침 일어나서 가장 기분 좋은 일은 밤새 한국에서 와있는 카톡 알림을 볼 때였다. 아침에는 정신이 없으니까 모든 메시지를 바로 읽지는 못 했다. 하지만 잠든 사이 내 머리맡에서 바쁘게 울렸을 메시지 목록만 봐도 마음이 따뜻해지는 기분이었다.

그것으로도 모자라 나는 매주 영국에서 한국으로 엽서를 2통씩 보냈다. 평일에는 이번 주에는 누구에게 엽서를 보낼지 고민하고, 주말이 되면 마음을 꾹꾹 눌러 담아 엽서를 썼다. 그리고 월요일이면 우체국에 가서 엽서를 보낸 후 무사히 한국까지 전달되길 기다렸다. 마침내 상대방에게 엽서를 받았다는 연락이 올 때까지의 이 모든 과정이 두근거리고 행복했다. 이역만리 떨어진 곳에서 아날로그로 마음을 전하는 일은 소소했지만 따뜻하고, 또 즐거웠다. 게다가 한국에서 온 답장을 받을 때는 얼마나 한 글자 한 글자 아껴 읽었는지. 그렇게 영국에 머무는 동안 총 56통의 엽서와 편지를 한국으로 보냈다. 영국에 있는 동안 받았던 엽서의 답장들 조각 몇 개를 옮겨 본다.

– 잘 지내라 양송이. 나중 일은 아무도 모르지만 지금은 가서 다 잊고 잘 지내, 아프지 말고.

– 낯설기만 한 그곳에서 새로운 사람들과 새로운 환경, 문화, 경험까지 쌓고 있는 양송희가 참 멋있고 대견하다는 생각이 들어. 그러니 떡볶이가 먹고 싶을 땐 언제든지 먹도록. 고생하는 자신한테 그마저도 아끼면 안돼.

– 항상 그 무엇보다 내 자신의 건강이 우선이고, 내 몸이 먼저니까. 남들에게 좋은 사람이기 전에 자기 자신

에게 충분히 좋은 송희가 됐으면 좋겠어. 내가 볼 때 송희는 자신보다 항상 남을 먼저 챙길 것 같아서. 그게 나쁘다는 게 아니라 이제는 자신을 먼저 챙겨도 된다는 뜻이야. 그 멀리서마저도 자신을 돌보지 않으면 누가 챙겨줄 수 있겠어.

- 같은 땅 바로 옆에 풀포기 하나, 나무 하나 옮겨 심어도 적응을 하느라 몸살을 앓는데 하물며 땅 설고 물 설은 머나먼 외국 땅에서 음식과 물과 기후차 등 갑자기 바뀐 환경에 적응하려면 크고 작은 대가를 치러야겠지. 우리 신체가 그만큼 민감하고 정밀한 것이라는 생각이 들어. 아무튼 많이 좋아지고 있다니 다행이다. 적응 기간이 끝나면 더 좋아지겠지만 네가 아픈데도 아무것도 해주지 못 하는 아빠 엄마는 둘이 마주 앉아 걱정이 많았단다.

- 하늘이 청명하고 맑다. 네가 집을 떠나 영국으로 출국할 때만 해도 100년만의 폭염이라고 떠들며 유난히 더운 여름이었는데. 어느덧 계절이 바뀌어 가을이 되

었고, 새벽녘 끌어당긴 이불의 감촉이 참 좋은 계절이 되었다.

– 너에게 엽서를 보내야겠다고 생각하는데 며칠, 주소를 물어보는데 또 며칠, 이렇게 편지를 적고 우체국에 가서 보내는데 또 며칠…. 이렇게 한 사람을 생각하면서 무언가를 한다는 게 쉽지가않구나. 이만큼이나 메세지로는 전달하기 힘든 정성과 진심이 담겨야 하는구나 또 느껴.

– 씩씩해져야해. 원래 그랬던 것처럼 항상 밝고 긍정적이길 바란다. 또 엽서 보낼게.

– 샤넬이는 말하지 않지만 샤넬이도 네가 많이 보고싶을거야.

– 날아온 엽서에 답장을 해야지 마음 먹고선 주저한게 열 번쯤 됐어요. 오늘 〈보헤미안 랩소디〉를 보고 감성적으로 웸블리에서 또 하나의 전설을 쓰고 계신 양 사

원 님께 팬레터를 쓰게 됐어요. 갑자기 프레디의 대사가 생각났어요. I decide who I am! 흘러가는 대로 흘러가는 게 인생의 모토였는데, 이 대사가 너무 멋있어서 제 결정에 용기를 내볼까 합니다.

- 요즘 블로그를 통해 보는 언니는 뭐든 다 경험으로 좋게 즐기고 강하게 이겨나가는 것 같아서 제가 다 너무 좋았어요.

- 언니를 보면 참 대단하기도 하고 신기하기도 해요. 어떻게 영국에 와서 목표하던 일을 바로 구했고, 또 아주 잘 해내고 있다는 사실이 멋지다고 생각해요. 그래서 더 오래 머물렀으면 싶지만 한국에 언니의 소중한 사람들이 기다리고 있으니 그건 무리겠죠?

- 우편함 바닥에서 찾아낸 런던 아이 엽서는 진짜 말로 표현하기 버거운, 메마른 감정을 적셔주는 무언가 있었어. 다시 한 번 고마워.

- 몸과 마음이 병들어가고 있을 때 송희 네 블로그를 보면서 마음이 많이 바뀌었던 것 같아. 솔직하고 담백한, 그리고 재미까지 있는 글들. 보면서 나도 모르게 웃음 짓게 만드는 이야기들. 때로는 눈물을 글썽이게 만들기도 하고…. 보고 있으면 시간 가는 줄도 모르고 두어번 정주행했어. 까마득히 머나먼 곳의 이야기처럼 느껴지다가도 갑자기 내 친구의 이야기라는 사실에 신기하기도 하고.

- 송희야, 너는 참 배울 점이 많은 친구야. 우리가 같이 살았던 때 항상 아침에 먼저 일어나고 책을 많이 읽던 네 모습이 먼저 떠오르거든. 무언가를 성실하게 꾸준히 하고, 블로그 포스팅으로 매일 기록을 남기는 것도 대단해. 30대가 되면서 느낀 나의 모습은 참 나약하고 무기력한 사람인데, 송희 네 덕분에 나도 좋아하는게 뭔지 다시 찾고 싶어졌어.

- 이 편지가 무사히 읽혀질 수 있을까? 택배에 넣어선 안 되는 간식이 있어서 막 뜯어진 채 주인을 잃는 건

아닌지 걱정된다. 주인을 잘 찾아가서, 요즘 발등이 아파 힘들어하는 너에게 작은 활력소가 되었으면 좋겠어.

- 이곳에서의 시간이 송희 씨 삶을 분명 더 반짝이게 해줄 거예요. 언제나 파이팅!

- 송희야. 영국 송희, 런던 송희, 토트넘 송희. 처음엔 멋있게만 들리던 단어들이 쓰고 보니 문득 두렵기도 하다. 많은 것들을 남겨두고 떠나던 송희의 심정은 어땠을까?

- 많은 사람들이 네가 개척하며 나가는 길에 자극을 받고 원동력이 된다는 것에 아빠는 자랑스럽단다. 넌 대단한 일을 한다고 생각하지 않을지라도, 네가 하는 일이 많은 누군가의 꿈이고 멘토이며 희망이 되고 있을거야. 고생은 많이 하고 있지만, 얻은 것도 많고 네 스스로도 만족하는 부분이 있어 아빠는 감사하게 생각한단다.

4장

사는 데 축구가 전부는 아니지만

아, 나는 다른 일은 못 하겠구나.
나를 평생 이 정도로 가슴 뛰게 하는 일은
축구밖에 없겠구나.

○

어느 삼수생의 합격 수기

영국에서 돌아온 직후 나는 자신감이 넘쳤다. 아니 조금 자만하고 있었는지도 모른다. 그도 그럴 것이 토트넘에서 활약하는 손흥민 선수에 대한 관심은 국내에서 연일 치솟고 있었다. 덩달아 토트넘 스토어에서 일했다는 이유만으로 나까지 많은 관심을 받았다. 나 같은 평범한 사람이 KBS, 경인방송 등 라디오 생방송 인터뷰와 〈포포투〉, 〈스포츠서울〉, 〈서울신문〉 등 스포츠 관련 매체 인터뷰도 했다. 주변에는 겸손을 떨었지만, 어쩌면 속으로 우쭐해있었는지도 모른다.

게다가 영국에 살다 온 덕분에 어쭙잖게 영어도 늘었겠다, 나는 스스로가 참 기특했다. 그리고 이전보다 더 나은 사람이 됐다고 생각했다. 자신감을 갖고 다시 축구계에서 일하기 위해 직장을 알아보기 시작했다. 주변에서도 나를 마치 개선장군처럼 추켜세우니, 당시 나는 축구계 일이라면 어디든 합격할 수 있는 프리 패스라도 들고 있는 줄 알았다.

한국에 돌아와 토트넘의 2018-2019 챔피언스리그 준결승 중계를 혼자 어둑한 새벽에 봤다.

'불과 얼마 전까지 나도 저기서 일하면서 정신없는 인파에 휩쓸리며 승리의 에너지를 함께 느꼈는데….'

지구 반대편 시차로 넘어와 혼자 경기를 보고 있자니 쓸쓸했다. 멍청하게 한치 앞도 내다보지 못 하고 일찌감치 한국에 돌아온 내가 야속했다. 그런데 토트넘이 챔스에서 이렇게 잘할 줄 누가 알았겠느냐고.

여전히 내가 완전히 영국을 떠나왔다는 것이 실감 나지 않았다. 며칠 뒤 다시 경기장으로 돌아가야 할 것만 같고, 같이 일하던 사람들이 떠올랐다. 이 감정이 마치 'homesick(향수병)' 같다고 했더니 같이 일했던 동료 믹키는 'weird homesick(이상한 향수병)'이라고 불렀다.

챔스 준결승에서 모우라가 해트트릭을 터뜨리며 토트넘은 아약스를 상대로 3대2 대역전승을 거두고 결승에 올랐다. 나는 사방이 조용한 새벽에 혼자 이 경기를 봐야 했지만, 감동은 쉬이 가라앉지 않았다. 그리고 생각했다.

'아, 나는 다른 일은 못 하겠구나. 나를 평생 이 정도로 가슴 뛰게 하는 일은 축구밖에 없겠구나.'

비록 토트넘은 결승전에서 리버풀에게 패해 준우승을 기록했지만, 내 가슴은 뜨거웠다. 어떤 사람들은 좋아하는 일은 직업으로 삼으면 지겨워하게 된다고, 좋아하는 일은 그저 취미로 남겨둬야 한다고도 한다. 그러나 나는 축구 일을 해봤기 때문에 축구를 더 좋아하게 됐다. 나는 이 일을 도저히 놓을 수가 없었다. 하지만 한국에 돌아와 백수로 논지 한 달, 두 달, 그리고 세 달쯤 지났을까. 시간은 흘러갔지만 내가 갈만한 직장의 채용은 나지 않고 점차 마음은 조급했다.

그도 그럴 것이 내 나이 서른 한 살이었다. 친구들은 다들 직장이 있고 결혼도 하는데, 나만 손에 쥔 게 아무 것도 없는 것 같았다. 어느새 영국에서의 시간은 꿈처럼 아득해지고, 영국에 갔다 왔다는 꼬리표는 허울만 좋은 것이었다.

한껏 차올랐던 자신감이 점점 조급함으로 바뀌어 가고, 흘러가는 시간에 무엇을 해야 좋을지 발을 동동 구르고 있을 때였다. 그즈음 운명같이 한국프로축구연맹의 공채가 떴다. 그것도 홍보 팀 경력직 자리였다.

이 기회는 나를 위한 것 같았고, 나는 무조건 잡아야만 했다. 당시 자기소개서와 면접, PT 발표 자료를 준비하며 어찌나 간절했는지 모른다. 늦은 시간까지 노트북 앞에 앉아 작업을 하다가 잠든 후에도, 문득 잠이 깨면 불안해서 다시 노트북 앞으로 가서 졸린 눈을 붙잡고 발표 자료를 만들었다.

열심히 준비한 덕분인지 서류 전형을 합격했다. 그런데 면접을 준비한다고 며칠 잠을 설치고 무리해서였을까? 면접을 하루 앞둔 날, 눈치도 없이 눈꺼풀에 다래끼가 볼록 올라왔다. 이 꼴을 하고 면접을 가야 하다니.

이로써 정말 못생김을 덕지덕지 묻힌 얼굴로 면접장에 앉았고, 정신없이 영어 면접과 PT 면접이 지나갔다. 연맹 면접 당시 받은 질문 중에 하나는 "꽤 오랜 기간 축구계에서 일했는데, 왜 그간 연맹에는 지원을 안 했나?”였다. 나의 대답은 “사실 이게 세 번째 도전입니다” 였다.

맞다. 나는 연맹의 삼수생이었다. 한번은 대학을 갓 졸업했을 때, 두 번째는 인천에 근무할 당시였다. 둘 다 결과는 좋지 못 했고 이빈이 세 번째 지원이있다.

세 번 두드리면 열린다 했던가. 항상 나에게 굳게 닫혀있던 연맹의 문이 삼수를 하자 드디어 열렸다. 최종 합격한 것이다. 이제 팀을 운영하는 구단이 아닌 리그를 운영하는 조직으로 들어왔다. 모든 것이 일사천리였다. 그동안 백수로서의 마음고생을 털어내고 어디든 짧게 여행을 다녀오려 항공권을 뒤적였지만, 연맹에서는 당장 일손이 부족해 하루빨리 입사해주기를 원했다.

합격발표 후 입사까지 주어진 시간이 고작 이틀이었다. 짧은 시간 내에 일단 같이 인천에서 일했던 선·후배, 동료들에게 연락을 돌렸다. 어차피 좁은 업계라 소문은 빨리 날 터, 남을 통해 듣는 것보다 내가 직접 전달 하는게 나을 것 같아서였다.

2020년 1월 15일 대망의 연맹 첫 출근날. 마침 연맹에서는 각 구단별 담당자 교육이 있었다. 덕분에 나는 모든 것이 어색하던 바로 그 날, 인천에서 같이 일했던 부장님과 과장님을 만났다. 이를 지켜본 국장님의 "양송희 친정 식구들 다 만나네"라는 말에 왜 이렇게 마음이 찡해지던지. 원래 가족도 밖에서 만나면 더 반갑다.

이후 각 구단에 업무 전화를 걸 일이 있어 마침 인천에 전화를 걸고는, "인천유나이티드 입니다"하고 수화기 너머 들려오는 인사말에 잠시 말문이 턱 막혔다. "어… 저 연맹 양송희인데요"라고 말하는 게 꼭 우리 집에 전화해서 남인 척하는 묘한 기분이었다. 이후에도 인천을 지칭할 때 자꾸 입버릇처럼 '우리'라고 표현해서 주변 사람들을 웃겼다. 이래서 첫정이 무섭나 보다.

어쨌거나 연맹에는 경력직으로 입사했지만 나에게는 새 회사인만큼 적응 시간이 필요했다. 언제나 처음은 낯설고 설레는 법. 게다가 인천을 퇴사한 뒤 오랜만에 사무직을 하게되어 내심 걱정이 됐다. 또 이 회사에 기대한만큼 내가 일을 못하면 어쩌지, 일을 다 까먹었으면 어쩌지 하는 부담이 내 어깨를 짓눌렀다.

다행히 좋은 동료들을 만나 빠른 적응을 할 수 있었다. 내가 들어간 홍보 팀은 연맹에서 가장 규모가 작아 총 인원은 나까지 세 명이었지만 다들 호흡이 좋았다. 또 다시 일을 시작하자 기존에 알던 연맹 직원들, 구단 직원들, 기자들 등등 반가운 얼굴들이 많았다. 오랜만에 K리그로 돌아왔더니 내가 좋아하던 사람들이 다 있는 것이다. K리그라는 내 집 같은 울타리를 나 혼자 잠시 나갔다가 다시 돌아온 기분이었다.

입사한 지 2주가 채 되지 않았을 때가 마침 월급날이어서 아주 작고 귀여운 월급을 받았다. 나는 인천에 있을 때부터 나를 잘 챙겨주시던 축구 사진 작가 이완복 실장님께 내가 대접할 기회를 달라고 하며 저녁 식사 자리를 마련했다. 완복 실장님은 내가 입버릇처럼 항상 '축구계에서 가장 좋아하는 어른 중 한 사람'이라고 말하는 분이다.

고깃집에 마주 앉아 기쁨의 술잔을 부딪쳤다.

"요즘 행복하지?"

"네."

행복하냐는 질문에 1초의 망설임도 없이 그렇다고 대답할 수 있는 마음의 여유가 좋았다. 돌아왔더니 내가 좋아하는 모든 것은 그대로였고, 나는 다시 출발선 앞에 서 있었다.

○

빼앗긴 개막에도 봄은 오는가

"송희 씨, 혹시 코로나 때문에 개막 연기되려나?"

"설마요. 메르스 때에도 리그 했으니까, 이번에도 정상적으로 진행하겠죠."

나는 대체 뭘 믿고 호언장담했을까? 개막이 채 일주일도 남지 않았을 때 걸려온 인천 구단 선배의 전화에 대수롭지 않게 대답했지만 나의 예상은 보기 좋게 빗나갔다.

2020시즌 K리그 개막이 무기한 연기됐다. 코로나19로 인해 전 세계가 팬데믹 상태에 빠졌기 때문이었다. 1월 말부터

스멀스멀 유행하던 코로나는 2월 29일 K리그 개막을 앞두고 점점 더 몸집이 커졌고, 사상 초유의 개막 연기 사태를 만들었다. 누구도 경험해보지 않은, 전례 없는 상황이었다. 세상에, K리그도 연기가 되는구나.

개막이 연기되며 상당한 업무가 올스톱 됐지만, 안타깝게도 홍보 팀은 그러지 못 했다. 우리에게는 축구가 떠나가고 만들어낸 새하얀 빈 자리를 K리그 기사로 채워야 할 사명감과 의무가 있었다. 그것은 홍보 팀에게도, 언론사에게도 고역이었다.

하지만 축구가 없는데 무슨 수로? 그 '수'는 지금부터 시작이었다. 팀장님을 포함해 구성원이 단 세 명밖에 없는 우리 홍보 팀은 거의 매일 새로운 기삿거리를 찾아 기사를 썼다. 올 시즌 주목할 만한 외국인 선수, 빅리거 출신 K리그 선수, 올해 데뷔 10년 차를 맞는 선수, 형제지간 K리그 선수 등 나는 주로 미담이나 흥밋거리 위주의 보도자료를 썼다. 우청식 프로는 K리그 해트트릭 역사, 프리킥 득점, 결승 골을 가장 많이 넣은 선수 등 기록 위주의 보도자료를 썼다.

어디 이뿐인가. 소재가 없을 때는 올 시즌 K리그 전체 선수단 명단이 들어 있는 엑셀 파일을 켜놓고 멍하니 모니터만 바라봤다. 그렇게 하나둘 동명이인을 찾다 보니 이것도 기사가 되겠다 싶어, K리그에서 가장 많은 동명이인은 누구인가 하는 아이템까지 끌어다 썼다. 또 어느 날은 선수들 인스타그램을 둘러보다가 가장 팔로워를 많이 보유한 K리거가 누구일지 일일이 검색해서 찾아 보도자료를 냈다.

그 밖에도 주목할 만한 2년차 선수, 케미가 좋은 감독과 선수, 독특한 세리머니, K리그 선수들의 취미 등등. 나와 우 프로가 공장처럼 보도자료를 찍어내니 국장님은 우리보고 '보도자료 공장장'이라고 불렀다. 우리는 축구가 떠나간 자리를 메우기 위해 열심히 공장을 돌렸다.

매주 거의 5개씩 새로운 아이템을 찾아야 했다. 아이템이 다 떨어져서 이제는 정말 없다고 생각해도 "힘들겠지만 다음 주에 쓸 아이템을 인당 5개씩만 더…"라는 주문에 또 꾸역꾸역 뒤지면, 어디선가 나를 불쌍히 여긴 축구 신이 아이디어를 툭 던져줬다.

포항 경기 출장을 갈 때마다 보곤 했던 포스코 공장에 대문짝만하게 써있는 문구, "자원은 유한하나 창의는 무한하다"가 떠올랐다. 정말이지 유한한 자원에서 무한한 창의를 퍼올리는 중이었다.

이대로 더는 못 하겠다, 이젠 정말 쓸 게 없다 싶을 때 이를 가엾게 여긴 축구 신이 이번에는 보도자료 아이템 대신 드디어 K리그 개막을 허락하셨다.

2020년 5월 8일 K리그 개막경기, 전북 대 수원.

빼앗긴 개막에 드디어 봄이 왔다.

The game is on

5월이 되어서야 K리그가 긴 겨울잠을 깨고 나왔다. 코로나19 사태로 기약 없던 K리그가 드디어 개막한 것이다. 물론 철저한 방역 체계를 기반으로 결론 내린 '무관중 경기'라는 반쪽짜리였지만 그게 어디인가. 게다가 K리그는 코로나19로 전 세계 주요 축구 리그가 멈춰 선 가운데 가장 먼저 개막한 것으로 큰 주목을 받기까지 했다.

나의 연맹 입사 후 처음이자 2020시즌 K리그 첫 출장은 5월 9일 울산 대 상주, 5월 10일 포항 대 부산이라는, 이틀 짜리 동해안 코스였다. 전날 열린 전북과 수원의 개막 경기를 사무실과 집에서 챙기느라 밤 11시가 넘어서야 출장 짐을 싸기 시작했다. 피로가 나를 짓눌렀지만 서울역에서 울산으로 향하는 기분은 설렜다. 오랜만에 돌아온 축구장의 잔디 내음. 역시 내가 좋아하는 모든 기운은 축구장에 있었다.

나의 첫 출장 경기의 홈팀 승률은 아주 좋았다. 울산이 상주를 4대0으로 이겼고, 포항이 부산을 2대0으로 이겼다. 게다가 혼자 여행 기분 팍팍 내며 울산의 유명한 카페도 찾아가고, 포항 죽도시장도 구경했다.

이 두 경기를 시작으로 1년 내내 부지런히 전국 팔도 경기장을 돌아다녔다. 코로나가 완전히 괜찮아진 상황은 아니었지만, 마스크 잘 끼고 손 소독 잘 해가며 우리 집에서 가까운 서울월드컵경기장부터 내 친정 팀 인천과 수도권 성남, 수원 등을 시작으로 아산, 광주, 대구, 울산, 포항, 그리고 제주까지 거침없이 다녔다.

인천에서 일할 때 홍보 담당자를 그만둔 이후에는 원정 경기까지 다니질 않아서 전국 경기장을 돌아다녀 본 게 너무 오랜만이었다. 게다가 2부리그 경기를 이렇게 열심히 본 것도 처음이었다. 코로나19 상황이 너무 심각해질 때만 제외하면 내 주말을 투자해서라도 경기장을 찾았다.

이 도시 저 도시를 돌아다닐 때마다 딱 그곳만의 느낌이 나는 이색적인 랜드마크를 발견하면 마치 외국에 온 것처럼 신기하고 가슴이 설레었다. 비단 관광지를 말하는 게 아니라, 나는 그 지역의 정체성을 보여 주는 곳들을 좋아한다. 예를 들면 포항에서 차창 밖으로 보이던 제철소 공장들, 특히 포항의 홈구장 스틸야드 바로 앞의 포스코 공장 초입에 써있는 "자원은 유한하고 창의는 무한하다"라는 고 박태준 회장의 명언은 이상하게 볼 때마다 가슴이 뜨거워졌다.

비슷하게는 울산에 가면 현대 중공업 공장 벽면에 "우리가 잘되는 것이 나라가 잘되는 것이며, 나라가 잘되는 것이 우리가 잘될 수 있는 길이다"라고 써있는 것을 볼 수 있다. 그 굵직굵직한 촌스러운 고딕체가 왜 이렇게 인상적인지. 퇴근 시간 중공업 공장에서 쏟아져나오는 오토바이 부대도, 해안도로 조선소 선박은 왜 이렇게 신기한지 모르겠다. 나는 전주 사람이기도 하지만, 전주에 진입하자마자 바로 보이는 한옥 기와 톨게이트는 왜 이리 마음을 뭉클하게 하는지 등등. 출장이 주는 또 다른 재미들이다.

또 어느 한 팀에 소속되지 않은 채 제3자로 경기를 보니 그 전에 보지 못 했던 것들이 보였다. 당연한 이야기지만 무승부 경기가 아닌 이상 매주 경기마다 승자와 패자가 나온다. 게다가 경기 종료 후 양 팀 감독의 공식 기자 회견을 보고 있노라면 승장과 패장의 모습이 대조되면서 참 묘한 기분이 든다.

예전에 인천에서 일할 때는 내가 선수는 아니지만 팀의 일원이니까 경기 날 마다 승리, 무승부, 패배가 있었다. 그러니까 당연히 이기면 좋고, 비기면 아쉽고, 지면 싫었다. 다시 말해 온통 우리 팀에만 집중하느라 다른 부분까지 관찰할 이유도, 여유도 없었다.

그러나 연맹에 온 뒤 승패에서 벗어난 중립의 입장이 되어서인지 시야가 바뀌었다. 축구의 본질적인 것에 주목하게 된 것이다. 이긴 팀과 진 팀의 표정이 모두 보이고, 양 팀의 이야기가 다 귀에 들리고, 자연스레 각각의 감정에 이입되곤 한다.

하지만 승패의 현장에서 제3자의 처지인 것이 헛헛하기도 하다. 경기장에 가면 내가 좋아하는 축구가 있지만 정작 가장 좋아하는 알맹이가 없는 것 같았다. 이기면 기뻐하고 지면 슬퍼했던 것들이 다 남 일이 되어버렸다. 그래서 경기장 출장을 다닐 때면 이긴 팀 선수와 직원들, 또 팬들의 얼굴을 보는 것으로 그 공허함을 대체했다. 그래서 내가 출장 간 경기의 홈팀이 이기면 내심 뿌듯했다. 이긴 홈팀 직원의 얼굴을 보면 나까지 덩달아 기분이 좋아진다. 홈경기 날 직원이 얼마나 바쁜지 아니까, 고생한 보답을 받는 것 같아서다.

그 외에도 나는 프로 눈물러라서 거의 매 경기 감정 이입을 한다. 특히 2020시즌 마지막 경기에서 잔류하고 기뻐하는 성남 선수들과 팬들을 보며 같이 눈물 흘리다가, 강등된지 5년 만에 K리그1으로 올라왔는데 다시 1년만에 강등이 확정되고 주저앉은 부산 선수들을 보며 마음이 아팠다가, 또 같은 시각 반대편 경기장에서 들려온 인천 잔류 소식을 듣고 환호했다가를 반복했다. 남는 팀은 남게 되고 내려갈 팀은 내려가는 잔인한 승강제에서 승자와 패자를 모두 본 것이다.

바로 다음 날, 아침 일찍 비행기를 타고 제주도로 날아가 K리그2 우승을 확정 지은 제주를 봤다. 강등된 지 1년 만에 일궈낸 기적의 승격이었다. 또 1년 내내 압도적인 경기력을 펼치고도 시즌 마지막 경기에서 미끄러져 2년 연속 우승의 길목에서 아쉬운 준우승을 하게 된 울산, 플레이오프의 후반 추가시간에 득점하고 승격을 확정지은 수원FC 등 수많은 땀방울과 울고 웃는 사람들을 봤다.

가끔은 생각한다. '축구가 뭐길래 우리는 이렇게도 많은 것을 걸고 있는 걸까? 저 작은 축구공 하나에는 얼마나 많은 것이 걸려 있는 것일까?' 어떤 날은 한 골에 승패가 정해지는가 하면, 어떤 날은 내가 네 골을 넣어도 상대가 여섯 골을 넣어 웃지 못 하는 날이 있다. 2020시즌 K리그1에서 가장 많은 득점이 나왔던 광주와 대구의 경기가 그랬다. 이날 경기에서 광주가 여섯 골을 넣어 대구는 무려 네 골을 넣고도 웃지 못 한 것이다.

그렇게 축구공 하나에 울고 웃고 때로는 희망을 갖고 때로는 좌절도 하면서 데굴데굴 정신없이 굴러가다 보면 한 시즌이 끝나있다. 그래서 행복하고 또 그래서 허무하다. 그런데 원래 인생이 그렇지 않나?

○

신이 내게
덜 주신 것

나의 취약점 중 하나는 사람 얼굴을 정말 못 외운다는 것이다. 그야말로 아주 형편없는 눈썰미를 가졌다. 인천 홍보 담당자로 일하던 시절에도 많은 기자를 상대하며 얼굴을 잘 기억하지 못해 애를 먹었다. 기자들은 대부분 남자였고, 거의 안경을 썼고, 경기 날 잠깐 마주치는게 전부였다. 게다가 나는 한 명인데 그분들은 너무도 많았다. 그렇다 보니 이미 구면인 기자한테 명함을 한 번 더 주는 실례도 몇 번이나 경험했다.

이후 나는 잔꾀를 부리기 시작했는데, 명함을 받은 뒤 그날의 인상착의를 기록했다. 파란 점퍼를 입었다던지, 뿔테 안경을 꼈다던지 등. 또 인사할 때 슬쩍 상대의 목에 걸려있는 기자증의 이름을 컨닝하기도 했다.

이놈의 지독한 눈썰미는 연맹에서 일하면서도 계속 됐다. 아니 오히려 인천보다 더 난이도가 높아졌다. 인천에서는 인천 담당 기자만 만났지만, 연맹에서는 축구에 관련해 출입하는 모든 기자를 만나야 했다. 엎친 데 덮친 격으로 내가 입사하고 얼마 되지 않아 코로나19까지 겹쳐 만날 때마다 모두가 마스크를 쓰고 있었다.

안 그래도 사람 얼굴을 잘 기억하지 못 하는데 눈만 내놓으면 얼굴을 알아보기란 더 어렵다. 다음번에 기억하는 건 더더욱 어렵다. 그래서 요새는 경기장에서 인사할 때 아예 "제가 눈썰미가 좋지 않습니다. 행여 다음에 제가 못 알아 보더라도 이해 부탁드립니다" 하고 먼저 양해를 구하기도 했다.

혹은 같은 팀 동료한테 몰래 카톡을 보내 "저 기자분이 누구였냐"고 물어보기도 하는데, 이러나저러나 얼굴 외우기는 여간 어려운 게 아니다.

영화 〈악마는 프라다를 입는다〉를 보면 파티 행사 전날 비서 앤디와 에밀리가 미리 참석하는 사람들의 얼굴을 다 외워 간 뒤, 행사장에서 미란다 편집장에게 저 사람이 누구인지 귀띔해주는 장면이 있다. 정말이지 누가 나도 이렇게 해줬으면 좋겠다고 생각했다. 하지만 저는 비서가 없으므로 오늘도 최선을 다하고 있습니다….

나의 또 다른 취약점은 숫자다. 숫자에 정말 약하다. 나는 이미 중학생 때부터 수학을 일찌감치 포기한 수포자였다. 그렇게 숫자와의 인연은 이미 학창시절에 끝난 줄 알았다. 헌데 연맹에 왔더니 그놈의 숫자들과 구질구질한 재회를 해야 했다.

인천에 있을 땐 인천 경기 기록만 챙기면 됐다. 그런데 연맹은 22개 구단의 다양한 기록과 데이터를 활용한 업무가 굉장히 많았다. 홈경기 승률, 누가 PO에 진출할지 경우의 수 등등. 또 요즘은 축구 부가 데이터가 왜 이렇게 방대하게 잘 돼있는 건지, 원.

이놈의 숫자가 연맹에서 내 발목을 잡을지 누가 알았나. 학교 다닐 때는 요리조리 하고 싶은 과목만 골라 공부했지만, 이제는 물러설 길 없는 실전이었다. 숫자 관련 일을 할 때마다 몇 번을 곱씹고, 또 그렇게 내가 만든 데이터를 믿지 못 해 다른 직원들에게 몇 번을 물어보기도 했다. 못 하는 것, 어려운 것을 잘해야 정말 일을 잘하는 거라는데, 이 숫자들은 나에게 여전히 숙제로 남았다.

이번에도 별수 있나, 이 또한 열심히 하겠습니다….

○

시작을 함께 시작한다는 것

김도훈 감독님, 안녕하세요!

아침에 출근해서 감독님 인터뷰 기사를 읽고 생각나서 연락드려요. 감독님과 처음 인천에서 뵌 게 엊그제 같은데, 벌써 감독으로서 200경기를 앞두고 계신다니 시간이 그렇게 흘렀나 싶기도 하고, 지도자로서 정말 치열한 시간을 보내고 계신 것 같아 대단하게 느껴지기도 합니다.

특히 인터뷰 중 '가장 기억에 남는 경기'로 인천에 계실 때 전북 원정에서 1대0으로 이긴 경기를 언급하셔서 참 반가웠어요. 그 경기는 저도 인천에 있는 동안 가장 기억에 남는 경기

중 하나거든요. 그날 어찌나 짜릿했는지.

2015년 인천의 '늑대 축구'는 참 매력 있었어요. 저도 그때 함께했던 선수들한테 가장 정이 많이 들기도 했고요. 아직도 제 아이패드 배경은 2015년 선수들 승리 기념 사진이에요.

감독님과 인천에서 일했던 때를 돌아보면 당시 저도 겨우 3년 차에 어린 나이여서 참 서툴고 부족한 게 많았던 직원이였던 것 같아요. 그래서 업무적으로 능숙하게 챙겨드리지 못했던 것 같아 아쉬움도 남긴 하지만, 그래도 감독님과 일했던 시간은 좋은 추억으로 남아있습니다. 지금도 경기장을 오며 가며 뵐 때마다 반가운 마음이고요. 그래서 300경기, 400경기 오래오래 K리그에 계셔주셨으면 좋겠습니다.

올해는 코로나 때문에 워낙 크고 작은 변수가 많았지만, 어느덧 리그 마지막 경기까지 얼마 남지 않았네요. 울산이 올해 반드시 좋은 성적을 내기를 저도 뒤에서 응원하고 있겠습니다. 마지막까지 파이팅입니다!

* * *

고마워요, 양송이 씨.

송이 씨가 물심양면 잘 도와줘서 감독 데뷔 인천 시절이 기억에 제일 많이 남아요. 항상 열심히 하는 모습 보기 좋고 경기장에서 오며 가며 만나게 되어 저도 좋아요.

저도 항상 응원할게요.

같은 시간을 제일 좋았던 순간이라고 함께 추억하는 사람이 있다는 건 얼마나 아름다운지. 게다가 누군가의 시작을 함께 했다는 게 얼마나 의미 있는 일인지. 시작은 서툴기도 하지만, 서툶에서 배운 경험들은 훗날 오랜 기억으로 남는다. 김도훈 감독님의 감독으로서 시작을 함께 했던 것은 영광이었다.

당시 인천은 강팀이라고 부를 수는 없었지만 좋은 팀이었다. 그 팀 안에서 함께 좋은 날도, 또 나쁜 날도 겪었다. 전쟁을 나가본 적은 없지만 감히 전우애라고 불러도 좋을 어떤 애틋함이 가슴 한켠에 남아있다.

이후 꽤 많은 시간이 흘러 이제는 각자 다른 위치에서 오가며 마주치고, 또 그때마다 속으로 조심스러운 응원을 보내게 된다. 시작을 함께했던 사람이기에 다음과, 또 그다음이 궁금하고 항상 잘됐으면 하는 마음이 드는 것이다.

그러나저러나 감독님은 5년째 내 이름을 '양송이'로 알고 계신다(감독님, 저 양송희입니다).

○

축구공은 둥그니까 자꾸 걸어 나가면

인천에 근무할 당시 살았던 전셋집이 전세금을 제때 돌려주지 않아 실랑이를 벌이다 소송 직전까지 이어졌다. 몇 달을 마음고생 하다가 드디어 원만하게 마무리 짓게 되어 인천지방법원을 갈 일이 생겼다.

평일 연차를 내고 오전 내내 법원에서 업무를 봤다. 법원 일이 끝난 뒤 인천에 온 김에 훈련 구경이나 갈까 싶어 인천 승기구장으로 향했다. 하필 가는 날이 장날이라고 비가 쏟아져 야외 훈련은 취소됐고 선수들은 실내 웨이트 훈련을 하고 있었다.

굳이 먼 길까지 찾아갔는데 훈련을 못 본건 아쉬웠지만, 코칭스태프 분들과 몇몇 얼굴을 아는 선수들과 반갑게 인사했다. 마침 내가 인천에 있을 때 고등학교를 갓 졸업하고 프로 유니폼을 입었던 골키퍼 이태희 선수와 마주쳤다.

"태희야, 이제 몇 살이야?"

"26살이요."

헉, 태희가 막 프로에 올라왔을 때 내가 그 나이였는데. 기겁을 했다.

승기구장에서 문학구장 코칭스태프실로 이동하는 의무 트레이너 승재쌤 차를 얻어탔다. 승기구장을 빠져나가는 길에 "여기 못 보던 아파트가 생겼네요?" 물어보니 새로 지었단다. 내가 그만 둔지 얼마 안 된 것 같은데 언제 이렇게 큰 아파트가 생겼는지. 그래도 내가 좋아했던 승기구장의 벚나무는 그대로였다. 인천에서 일하던 때 나는 좋은 봄날에 훈련장 외근만 다니는 게 아쉬워, 벚꽃이 흐드러지게 핀 이 벚나무 아래서 혼자 사진을 찍곤 했다.

뒤이어 도착한 문학구장에는 처음 보는 대형 식자재 마트가 또 한번 나를 놀래켰다. 이건 또 언제 생겼담. 문학 코칭스태프실에 들러 오랜만에 임중용 코치님, 그리고 처음 보는 박용호 코치님 등과 인사를 나눴다. 문학은 인천에서 일할 때 주로 감독님과의 미팅이나 선수단 인터뷰 때문에 왔던 곳이다. 평소에는 선수들만 있는 곳이다 보니 종종 예기치 못한 나의 등장에 반라로 돌아다니던 그들과 마주쳐 황급히 고개를 돌릴 때도 많았다(특히 치료실 문을 잘 닫고 다닙시다).

문학에서 코치님들과 이야기를 나눈 뒤 이번에는 사무국이 있는 숭의(인천축구전용경기장)로 이동했다. 직원들을 만나기 위해서였다. 도원역에 도착해 인천 경기 일정, 선수단 캐리커처로 랩핑되어 있는 역사를 둘러보자 기분이 묘했다. 현 회사 연차 낸 날, 전 회사에 놀러오는 사람은 나밖에 없을 것이다.

꽤 오랜 시간 내 출근길이였던 거리를 오랜만에 걸으니 감회가 새로웠다. 과거의 내가 매일 열심히 오갔던 출근길이자 밥 먹듯이 다니던 외근 코스를 오늘 하루 다 돈다. 어느 곳 하나 내 손때가 묻지 않은 곳이 없다.

사무국에 가서 직원들과 인사를 나누고 대화했다. 그리고 생각했다. 언제고 이렇게 왔을 때 내가 좋아하던 곳에 내가 좋아하는 사람들이 그대로 있다는 게 이렇게 좋은 거구나. 좋다

못해 정말 고마운 거구나. 이제 나는 이곳에 없지만 내가 함께 해온 좋아하는 사람들과, 또 내 젊음을 바쳤던 곳들이 이 자리에 있어줘서. 오늘처럼 불쑥 나타나도 어제 만났던 것처럼 반겨줘서.

승기, 문학, 숭의를 차례대로 돌면서 옛 추억에 젖었다가 반가운 얼굴에 기뻤다가를 반복한 날. 나는 인천을 퇴사한게 아니라 '졸업했다'고 표현하는게 맞을 것 같다. 덕분에 내가 지금 알고있는 많은 것들을 그곳에서 배웠고, 살면서 한번씩 꺼내보고 싶은 손때 묻은 추억들이 잔뜩 남아있다.

사실 연맹에 입사한 이후로도 나는 인천 직원들과 업무 관련 전화 통화를 할 때마다 종종 실수를 했다. 예를 들면 "우리 경기장도 그거 설치했나요?"라고 말한 뒤 "아 참, 우리가 아니라 인천이죠"하는 등 인천을 몇 번이나 '우리'라고 표현하곤 했다. 이상하게 연맹이나 외부 사람들하고 대화할 때는 인천이라고 멀쩡히 부르는데 인천 직원들하고 통화할 때마다 나도 모르게 '우리'라고 부르는 거다. 입버릇처럼 친정의 기억은 오래간다.

인천 경기 날 출장을 가면 그야말로 홈커밍데이였다. 구단 직원, 선수들은 물론이고 경기장 경호 요원, 미화 직원들까지 모두 아는 분들이 그대로 있었다. 특히 후배 민경 씨는 여전히 인천 사무실로 오는 내 카드 명세서를 내 손에 쥐어 주기도 했다. 이게 아직도 여기로 오다니.

인천에서 일할 때 매년 선수단 대이동은 슬펐지만, 연맹에 들어오니 그게 오히려 장점이 됐다. 어느 경기 출장을 가든 아는 선수가 한 명씩은 있어서 출장갈 때마다 또다른 즐거움이었다. 정말 인천 출신은 어딜 가나 있었다. 나조차도 그 어딜 가나 있는 '인천 출신 1인'이었으니까.

축구공은 둥그니까 자꾸 걸어나가면, 온 세상 축구인들 다 만난다.

○

이기는 편 우리 편

축구를 좋아하고, 그중에서도 K리그를 가장 좋아하는 나에게 한국프로축구연맹은 그야말로 '신이 선물해 준' 직장이다. 연맹에서 일하면 다양한 매력을 가진 22개 K리그 구단과 일할 수 있다. 각 구단이 가진 색깔과 저마다의 이야깃거리들은 항상 나를 지루할 틈이 없게 만든다. 또 전국 각지에 있는 구단으로 경기 출장을 다니는 건 얼마나 신나는 일인가. 나는 출장 때마다 여행을 떠난 유랑자처럼 들뜨고, 경기장에서 펼쳐지는 가슴 뛰는 순간들을 사랑한다. 가장 좋아하는 일을 직업으로 할 수 있다는 건 정말이지 흔치 않은 행운이다.

하지만 연맹의 일원이 되면 이 모든 게 완벽한 가운데 단 하나의 갈증이 있다. 바로 '내 팀'이 없다. 내 팀이 없다는 것은 축구 경기를 볼 때 나에게 승패가 없다는 것이고, 그 말은 즉 승리에서 오는 행복과 패배에서 오는 좌절도 없다는 얘기다. 축구가 있는 곳에 승리가 없다니. 아니, 정확히 말하자면 승리는 있지만 승리의 기쁨을 누릴 수 없다니. 그동안 구단에서만 일해온 나에게 소속감이 없는 중립 축구는 낯설었다. 마치 종합선물세트를 받고 신이 나서 뚜껑을 열었는데, 내가 좋아하는 과자도 있고, 사탕도 있고, 젤리도 있지만 제일 좋아하는 초콜릿만 없는 기분이었다.

나는 이 감정을 공허함이라고 불렀다. 언젠가 연맹 동료들과 술자리에서 이 공허함에 대해 토로하자 몇몇 직원은 공감했다. 직원A는 전북이 우승하던 날, 메달을 정리하는 본인 옆에서 너무 좋아 우는 전북 직원을 보며 생소한 기분이 들었다고 했다. 그러자 직원B는 본인은 AFC 챔피언스리그ACL에서나마 K리그 팀들을 응원하며 대리만족한다고 했다. 어쩌면 일리 있는 말이었다. ACL은 아시아 최고의 축구 클럽을 가리는 아시아축구연맹AFC 산하 최상위 대륙 클럽 대항전이다. 대회 참가 자격은 AFC 소속 리그에서 대회 출전권을 부여받은 클럽에게만 주어진다. 즉, AFC 산하 각 리그에서 우수한 성적을 가진 팀들만이 대회에 출전할 수 있다.

자연스레 나의 시선이 ACL로 향했다. ACL은 리그 상위권 팀만 나가는 대회이기 때문에 나는 인천에 있는 동안 경험해 보지 못 한 무대였다. 그래서 기본적인 대회 규정 외에는 아는 게 거의 없었다. ACL은 K리그와 비슷한 듯 다른 부분들이 있었다. 게다가 아시아 각 리그를 대표하는 팀이 참여하는 만큼 국가 대항전의 기분도 들고, 그야말로 K리그 안에서 새로운 영역을 발견한 것 같았다.

하지만 이번에도 코로나19가 문제였다. 원래 ACL은 조별 예선부터 홈 앤드 어웨이 방식으로 진행되지만, 2020년에는 코로나19로 인해 참가 팀들이 서로의 국경을 오갈 수 없었다. 가뜩이나 K리그도 개막을 미루고, 경기 수가 줄어들고, 무관중 경기를 치르는 상황에 ACL의 정상적인 운영은 힘들어 보였다. 대회를 존속할 수 있느냐 마느냐의 기로였다.

결국 시즌 중 무기한 연기된 2020시즌 ACL은 모든 리그의 시즌 종료 시점인 11월 중순부터 참가 팀들이 중립 지역 카타르에 모여 대회를 치렀다. K리그 팀은 서울, 수원, 전북, 울산이 출전했다.

ACL은 대회 규정상 경기 하루 전날과 경기 종료 후 미디어 기자 회견이 항상 두 차례씩 진행됐다. 때문에 K리그 참가 구단의 홍보 담당자들과 연맹 홍보 팀은 단체 카톡방을 하나 만들고 거기서 소통을 했다. 주로 각 구단 담당자들이 기자 회견 전문을 보내주면, 한국에 있는 연맹 홍보 팀이 내용을 받아 미디어에 보내는 역할을 했다.

솔직히 시차 때문에 조금 고생도 했다. 한국보다 6시간 느린 카타르 시간에 맞추다 보니 자다 일어나서 비몽사몽으로 경기를 보거나, 경기가 끝난 뒤에도 한참을 기자 회견 전문이 넘어오기를 기다렸다가 미디어에 배포해야 했다. 그렇게 자다 일어나 일을 하고 다시 잠자리에 누우면 수면 흐름이 끊겨 다시 잠들기 쉽지 않았다. 대회 기간 한 달 동안 엉켜버린 수면 패턴과 함께 엉망의 시차 속에서 살았다. 그래도 회사에서는 다음 날 출근 시간을 조금 늦춰주는 등 배려해줬다.

한편 ACL에 참가한 서울과 전북은 조별 예선에서 탈락했고, 수원은 8강, 울산은 결승에 올라 결국 우승까지 했다. 탈락한 구단은 바로 귀국하는데, 그렇게 되면 구단 홍보 담당자는 이 단톡방에 머무를 이유가 없으니 바로 나가도 된다. 본인 구단은 탈락했는데 단톡방에서는 계속 대회 중인 다른 구단의 기자 회견 관련 이야기를 하니, 카톡 알람이 성가시기 때문이다. 게다가 그 대화방은 거의 한국 새벽 시간에 대화가 오갔다. 그런데 이상하게도 대회 마지막까지 서울, 전북, 수원 담당자분들은 아무도 단톡방에서 나가지 않았다.

ACL 마지막 경기인 결승전에서 울산이 우승을 확정 짓던 순간, 이 단톡방의 알람이 바쁘게 울렸다.

수원 C부장: 울산 축하드립니다, 고생 많으셨습니다.

연맹 L팀장: 축하드립니다! 네 팀 모두 고생 많으셨습니다.

연맹 Y프로(나): 우승 진심으로 축하드립니다 ^^

연맹 W프로: 축하드립니다~!

서울 L과장: 울산 우승 축하드립니다^^!!!

전북 K과장: 울산 J대리님, L사원님~. 어려운 상황에서 정말 고생 많으셨습니다. 우승 정말 축하드리며 K리그의 자존심을 세워 주셔서 감사드립니다. 조심히 귀국하십시오~.

울산 L사원: 많이 지원해 주시고 응원해 주신 덕분에 좋은 결과를 얻었습니다. 진심으로 감사의 말씀드립니다.

K리그에서는 각자 승리를 위해 적으로 싸워왔지만, ACL에서는 모두가 함께 울산의 우승을 응원하던 순간이었다.

나 역시도 대회 기간 내내 새벽잠을 설쳐야 했지만, 수원이 8강에 오르고 울산이 우승컵을 들어 올리는 과정을 실시간으로 지켜보는 매 순간이 짜릿했다. 게다가 단톡방에 모인 구단 담당자들의 축하 메시지는 K리그의 유대감을 실감케 했다.

2019시즌과 2020시즌 2년 연속, 한끝 차이로 전북에 리그 우승컵을 내준 울산에게 이 우승컵의 의미가 얼마나 값진 것인지. 시즌 내내 치열한 우승 경쟁을 하며 묘한 관계를 유지했던 전북과 울산의 직원이 서로를 진심으로 축하하는 모습은 따뜻했다.

나는 그제서야 내가 연맹에서 공허함을 토로했던 날에 B직원이 들려줬던 심정을 이해했다. 비로소 오랜만에 맛보는 승리의 달콤함이었다. 대회 종료 후 한국으로 돌아와 자가 격리를 하는 울산 직원에게 슬며시 카톡 메시지를 남겼다.

"'실패가 아니야. 쭉 해나간다면 그것은 과정이 되지' 라는 말이 있는데, 울산의 뼈아팠던 준우승들도 실패가 아니라 다 과정이었나 봅니다. 정말 고생 많으셨어요."

○

어디에도 없지만 또 어디에나 있는

2018년 영국 BBC에서 방영했던 인기 드라마 〈보디가드〉에는 총리가 장관 회의를 시작하며 "Anyone see the Arsenal game?(어제 아스날 경기 봤어요?)" 하고 아침 인사를 건네는 장면이 나온다.

〈보디가드〉는 축구 드라마도 아니고, 이 대사는 드라마의 전개에서 전혀 중요하지 않은 그저 1초 만에 스쳐 지나가는 장면이다. 하지만 이 짧은 장면이 나에게는 신선한 충격과 부러움을 남겼다. 전날 축구 경기가 아침 인사 소재가 되는 게 얼마나 자연스러운 일이면 드라마에서도 나올까. 영국이니 가능한 이야기였다.

이는 내가 영국에 있는 동안에도 몸소 경험할 수 있었다. 영국에서는 모르는 사람들과 스몰토크를 하면서도 축구 얘기를 했다. 파리 여행 후 런던으로 돌아가는 입국 심사대에서 직업을 묻는 질문에 내가 "토트넘에서 일한다"고 하자 본인은 리버풀 출신이지만 에버튼을 좋아한다고 대답했던 직원, 지하철에서 토트넘 옷을 입은 나를 보고 손흥민의 하트 세리머니를 따라했던 남자 등. 영국에 있는 내내 축구가 일상인 그들의 모습이 부러웠다.

바로 내가 꿈꾸는 K리그의 미래이기도 했다. 누구든 응원하는 팀이 있고, 학교 친구나 직장 동료와 서로 "어제 동해안 더비 봤어?"하고 자연스레 축구 얘기로 인사를 나누는 것. 이른바 K리그의 일상화다. 물론 아직은 갈 길이 멀다는 것을 안다.

나조차도 K리그를 20년 가까이 좋아하고 있고 K리그에서 일하고 있지만, 주변에 특별히 축구를 좋아하는 사람이 아니면 축구 얘기를 잘 안 한다. 공감대가 없는 이들에게 나의 축구 이야기는 전혀 흥미로운 소재가 아니기 때문이다. 여전히 우리나라에서 K리그는 마니아적 측면이 강한 만큼, 의외의 장소에서 우연히 K리그를 좋아하는 사람을 마주치면 반가움이 배가 된다.

언젠가 미용실에 갔을 때였다. 긴 시간 머리 파마를 하며 헤어 디자이너 님과 수다를 떨었다. 그분은 가장 무난한 질문인 내 직업을 물었다. 그냥 축구 관련 일을 한다고 했더니 본인 십은 안양이고, 부모님이 FC안양 시즌권자라는 놀라운 대답이 돌아왔다. 광화문 한복판에 있는 미용실에서 머리를 하다가 안양 팬을 만나다니! 묘한 친밀감을 느낀 나는 그날 바로 미용실 회원권까지 가입했다. 물론 헤어 디자이너 님의 솜씨가 좋기도 했지만.

어서 K리그가 우리나라에서 더 대중적인 여가 생활이 되어 많은 사람들의 인기를 받았으면 좋겠다. 그래서 우리나라 TV 드라마에서도 주인공들이 K리그 경기를 관람하는 장면이 자연스레 나오고, 또 예능 프로에서도 심심찮게 언급되는 날이 오길 바란다.

물론 어느 날 갑자기 실현되는 것도 아니고, 강제로 주입한다고 해서 될 리도 없지만 그래도 영 불가능한 얘기는 아니라고 믿는다. 이것은 모든 K리그 구성원의 숙제이고, 우리는 여전히 정답을 찾아가는 과정 속에 있다.

그러니까, 어제 인천 경기 봤어요?

○

사는 데 축구가 전부는 아니지만

"제가 포항 사람인데요. 아버지가 포스코를 다니셔서 어릴 적에는 아버지 회사 부서마다 응원해야 할 포항 선수가 정해졌었어요. 그래서 주말마다 경기장에 가면 부서 직원들이랑 가족들이 모여서 그 선수를 응원했어요. 또 동네 목욕탕에 가면 포항 선수들을 심심찮게 볼 수 있었는데, 그 당시 제 영웅이던 황선홍 선수도 있었어요. 그렇게 자연스레 축구를 좋아하게 됐던 것 같아요."

"어릴 적에 아버지가 2002년 월드컵 포르투갈전 표를 구해오셨어요. 썩 좋은 자리는 아니었지만 그런 역사적인 경기가 제가 사는 인천에서 열렸고, 제가 그 현장에 있다는 것 자체로 감개무량했죠. 그러고 몇 년 뒤에 인천을 연고로 한 프로팀 인천유나이티드가 생겼잖아요? 진짜 좋았죠. 저 수학여행 갈 때 인천 유니폼 입고 갔었어요."

축구 산업에서 일하다 보면 나처럼 정말 축구를 사랑해서 이 일에 몸담게 된 사람들이 많다. 그렇다 보니 나는 어떤 계기로 이 일을 시작하게 됐는지 자주 묻곤 한다. 대화의 물꼬를 트기도 좋고, 공감도 되고, 또 꽤 재밌는 대화 주제가 된다. 내가 2002년 한일 월드컵을 계기로 축구에 빠졌듯이 다들 저마다의 에피소드가 있다. 이 이야기들만 모아 책을 만들어도 재밌겠다고 생각했을 정도로 흥미롭다. 그야말로 세 살 축구가 여든 가는 사람들이다.

남들이 보기엔 유별난 축구 사랑일 수도 있고, 또 좋아하는 일을 직업으로 삼았으니 성덕(성공한 덕후)처럼 보일 수도 있다. 물론 '일'이라는 게 항상 즐겁기만 한 것은 아니지만, 어쨌든 축구는 이 세계 사람들에게 가장 큰 동기 부여와 성취감을 준다.

나조차도 2002년 월드컵에 우연히 좋아하게 된 축구가 어른이 되어 내 직업으로까지 이어질 줄은 몰랐다. 어쩌다 보니 삶에서 축구의 영역이 너무 커져서 가끔은 어디까지가 일이고, 어디까지가 취미인지 혼란스럽기도 하다.

만약 내 인생에서 축구가 없다고 가정하면, 내가 알고 있거나 가지고 있는 꽤 많은 것들이 사라진다. 직업부터 시작해서 아는 사람들의 절반 이상, 또 행복했던 기억들. 게다가 영국도 가지 않고, 이 책을 쓸 일도 없지 않았을까.

물론 사는 데 축구가 전부는 아니다. 축구를 보지 않아도 내일의 해는 뜨고, 세상은 굴러간다. 하지만 그렇게 따지고 보면 과연 어떤 것이 인생의 전부일까. 애초에 인생에서 전부라는 것은 없다. 이 세상에는 돈, 건강, 사랑, 행복 등 한 사람의 인생을 구성하고 있는 것들이 너무나 많다. 이 수많은 요소들이 적절히 조화를 이루어 가는 것이다.

다만 그중에 특별히 좋아하는 것들이 주로 한 사람의 인생의 대표성을 가지며 때로는 전부였다가, 아니었다가를 반복하는 것이다. 나에게는 축구가 종종 그랬다.

예전에 한 지인이 나에게 축구가 어떤 의미인지 물었다. 항상 축구를 끼고 살면서도, 축구가 나에게 뭔지 골똘히 생각해 본 적은 없었다. 축구가 나에게 무엇일까. 나는 '내 인생의 가장 큰 동기 부여'라고 대답했다. 좋아하는 사람이 있으면 잘 보이고 싶고, 그 사람에게 어울리는 사람이 되고 싶어서 스스로를 가꾸고 노력하는 것처럼 나에게는 축구가 그랬다.

축구 관련 일이 하고 싶어서 때로는 맨땅의 헤딩하듯이 무모하게 도전했고, 이왕 하는거 더 잘하고 싶어서 앞만 보고 달려왔다. 물론 모든 과정이 항상 즐겁고 행복하지만은 않았다. 때로는 사서 고생도 했지만 적어도 축구에 대한 내 사랑이 짝사랑으로 끝나지는 않아 보람있었다.

이렇게 축구밖에 모르면서 감히 말한다.

사는 데 축구가 전부는 아니지만.

○

서른 살이
스무 살에게

대학교 1학년, 앞으로 인생의 비전과 미션을 적어내는 과제가 있었다. 지금 읽어보면 유치하기 짝이 없지만 그래도 그게 스무 살만의 감성 아닐까. 스무 살의 어설픈 내가 썼던 인생 계획을 약 12년이 지난 후 꺼내봤다. 막연했던 스무 살의 꿈을, 30대의 내가 답한다.

* * *

20송희: 누군가 나에게 꿈을 묻는다면 '축구 관련 일'이라고 대답할만큼 나는 축구에 대한 열정과 관심이 많고, 축구 관련 직업을 희망한다. 하지만 축구를 좋아한다는 이유 하나로 막연히 축구 관련 직업을 갖고 싶다는 생각만 했을 뿐이다. 구체적으로 어떤 분야에서 어떤 일을 할지 자세히 아는 것도 없고 깊게 생각해본 적도 없었다.

30솜희: 맞다. 스무 살때만 해도 축구 관련 직업에 대한 정보가 하나도 없어서 대체 어떻게 해야 그런 일을 할 수 있는지조차 몰랐다.

20솜희: 다시 말해 나는 꿈을 좇되, 내가 무슨 꿈을 좇는지 조차 잘 몰랐던 것이다. 그러던 중 '비전 앤 미션' 과제를 하면서 나의 꿈이 무엇인지 깊게 생각해볼 기회를 가졌다. 앞서 말했듯이 일단 나는 축구를 좋아하고, 그중에서도 K리그에 관심이 많기 때문에 한국프로축구연맹에서 일을 하고 싶다.

30솜희: 그 꿈이 32살에 이뤄지고 마는데.

20솜희: 한국프로축구연맹의 조직을 크게 본다면 회장과 부회장, 사무총장, 그리고 그 아래에 경기와 직접적인 연관을

지니고 있는 경기위원장, 상벌위원장, 심판위원장이 있다. 또 연맹을 운영하고 경영해나가는 기획/운영부와 홍보/마케팅부가 그 아래에 나누어져 있는데, 나는 기획부나 마케팅부에 들어가고 싶다.
30송희: 저때와 지금 연맹의 조직도는 많이 다르기는 하다. 스무 살의 양송희는 당연히 기획부가 뭐고 또 마케팅부가 무슨 일을 하는지도 잘 모르면서, 그냥 있어보이니까 저렇게 썼다.

20송희: 그렇게 되기 위해서 나는 어떻게 해야 할까? 먼저 대학교 1학년 1학기를 보낸 지금 짤막한 나의 대학 생활을 되돌아본다면 공부에 대한 아쉬움이 많이 남는다. 거의 대부분의 전공 과목이 영어로 진행되고 원서를 사용하기 때문에, 어려워서 포기하거나 잘 이해가 가지 않아도 그냥 넘어갈 때가 가끔 있었다. 앞으로는 예습과 복습을 철저히 하고 수업에 충실해서 그런 점을 꼭 고칠 것이다.
30송희: 그렇게 공부에 대한 아쉬움은 4학년 2학기까지 계속된다.

20송희: 1학기에는 많이 참여하지 못 했던 스포츠 마케팅 학회 활동을 열심히 할 것이다. 나의 취업과 연관돼 있고, 또 전공과 관련된 분야이기 때문에 학회 활동은 참여도가 높을수록 큰 도움이 될 것이다. 또 외국어 공부 또한 중요하기 때문에 영어와 그 외의 외국어까지 능숙하게 사용할 수 있도록 외국어에 대한 많은 관심을 가질 것이다. 어학연수 프로그램이나 학원 등을 잘 알아봐서 외국어 공부는 항상 게을리하지 않을 것이다.

30송희: 애증의 영어 공부. 학교 다닐 때는 이중 전공이 영어 통번역이어서 울며 겨자먹기로 했다. 오히려 졸업 후 욕심이 생겨서 꾸준히 공부했던 것 같다. 퇴근하고 영어 학원을 다니던지, 토익 점수를 계속 최신화 한다던지. 그리고 학회는 별로 열심히 하지 않았던 걸로….

20송희: 1학년 겨울 방학 때는 학교에서 주관하는 해외 어학연수를 다녀올 것이다. 학점도 인정해 주고, 학교에서 지원금도 약간 지급하기 때문에 저렴한 비용으로 해외 어학 연수를 다녀올 수 있는 좋은 기회라고 생각한다.

30송희: 저때 안 간 어학 연수를 서른 살에 직장 그만 두고 영국으로 갔으니…. 어쨌든 10년 뒤에 갔다.

20송희: 2학년 여름 방학 이전까지 틈틈이 아르바이트로 돈을 많이 모아서 2학년 여름 방학 때는 혼자서 혹은 친구들과 유럽 여행을 다녀올 것이다. 물론 그 유럽 여행은 관광도 물론이고, 그보다 유럽의 선진 축구 문화를 직접 볼 수 있는 소중한 경험이 되면 좋겠다. 그래서 K리그와 영국 프리미어리그, 스페인 프리메라리가, 이탈리아 세리에A 등을 비교해 보고 유럽 리그의 장점과 K리그 발전 방안에 대해 생각해 보고 많은 것을 배울 수 있는 기회가 되었으면 좋겠다.
30송희: 스물 한 살에 떠나지 못 한 유럽 여행은 스물 아홉에 마음 맞는 친구와 떠났고, 그 여행에서는 바르셀로나의 홈 경기도 보고 말라가, 세비야, 레알마드리드 홈구장 투어를 했다. 그리고 서른 살에는 여행이 아닌 워킹 홀리데이를 떠나 토트넘홋스퍼에서 일하며 영국 프리미어리그를 가장 가까이서 지켜봤다.

20송희: 4학년 1학기 때는 한국프로축구연맹이나 스포츠 마케팅 회사 쪽으로 인턴을 나가서 직접 현장을 경험해보고 많은 것을 배울 것이다. 그래서 이러한 인턴 경험과 전공 공부의 심화, 그리고 외국어 공부로 기본기를 다진 후 4학년 졸업과 동시에 한국프로축구연맹에 취직할 것이다.

30송희: 4학년 1학기를 시작하기 전 2011년 아스타나-알마티 동계 아시안게임을 통해 인턴의 꿈은 이뤘다. 졸업한 뒤에 운 좋게 연맹 신입 공채 서류에 합격했지만, 면접에서 떨어지고 몇 달 뒤 인천유나이티드에 입사했다. 사실 나는 연맹의 삼수생이다. 2013년에는 1차 면접에서, 2017년 인천을 다니면서는 서류에서 탈락의 고배를 마신뒤 2020년에 입사했으니까. 돌이켜보면 2013년의 실패가 없었으면 내 인생에 인천유나이티드가 없었고, 2017년의 실패가 없었으면 내 인생에 토트넘홋스퍼가 없었으니 상상만으로도 아찔하다. 결과적으로 좋은 실패였다.

20송희: 우리나라에서 축구가 인기종목 임에도 불구하고, 그 인기가 국가대표 축구 경기나 유럽축구에 편중된 현상이 팽배하다. 연맹에 취직한 이후에는 K리그에도 관심을 돌릴 수 있도록 새로운 마케팅 전략이나 운영 방향을 연구해 보고 싶다. 그리고 K리그 팬층의 다양화를 위해 여러 연령층을 공략한 마케팅을 연구하고, 팬들의 참여를 유도하는 다양한 이벤트를 열 것이다. 그렇게 해서 조금은 과장한다면 전 국민 모두가 K리그 팬이 될 수 있도록 하는 것이 나의 목표이다.

30송희: 거창했던 스무 살의 패기. 부끄러움은 이 글을 지금 읽는 서른 두 살의 몫.

20송희: 또 열심히 직장 생활을 하면서 휴가를 잘 활용하여 많은 여행을 다닐 것이다. 국내도 좋고 해외도 좋을 것이다. 여행은 나에게 단순히 휴식 이상의 의미를 줄 것이다.

30송희: 그래도 직장 생활하며 여기저기 여행은 제법 다녔으니 나름 이루었네.

20송희: 대학 졸업 후 직장 생활을 하며 어느 정도 혼자의 자립심이 길러지고 돈도 모은 후에 28살 즈음 결혼할 것이다. 중매보다는 연애 결혼을 하고 싶고, 결혼 후에도 나의 직장 생활을 이해해 줄 수 있는 남자와 만날 것이다. 가족이 많은 것을 좋아하는 편이라 아이는 셋 정도를 낳고 싶은데, 그건 희망사항일 뿐이고 아직 구체적인 계획은 없다. 아이를 낳으면 어렸을 때부터 축구장에 데리고 다니면서 축구에 대해 알려주고 함께 스포츠를 즐길 것이다.

30송희: 28살에… 결혼…? 아이가 셋…? 서른이 넘은 나에게 결혼은 아직도 남의 나라 이야기고, 비혼주의자 아닌데 주변에서 자꾸 비혼이냐고 물어보는 중. 저 결혼할 거예요.

20송희: 내가 은퇴할 즈음이 되었을 때는 스포츠 마케터 지망생들을 위해 책을 발간하고 싶다. 내가 젊었을 때 스포츠 산업이나 스포츠 마케팅에 대한 꿈을 가졌을 때, 그 직업에 종사하는 분들을 보며 동경하고 일에 대한 야망을 가졌던 것처럼. 스포츠 산업 분야에 관심이 있는 학생들을 위해 그들의 꿈을 한 단계 더 키워주기 위해 자서전 형식이나 혹은 내가 하는 분야가 어떠한 일을 주로 다루는 지에 대한 책을 발간할 것이다. 나의 책을 읽은 학생들이 자신의 꿈을 실현하는데 도움을 얻는다면 나는 더 바랄 것이 없다.

30송희: 그리고 지금 그 책을 쓰고 있다.

20송희: 은퇴 이후로도 끊임없는 스포츠에 대한 관심과 열정으로 나의 스포츠에 대한 사랑은 계속 될 것이다. 나는 글을 쓰거나 책을 읽는 것을 좋아하기 때문에, 은퇴 이후에는 여유를 가지고 글을 쓰거나 독서 등의 활동을 꾸준히 할 것이다. 이것이 나의 장래 희망이자 큰 인생 계획이다.

30송희: 아직 은퇴는 안 했지만 글을 쓰고 책을 읽는 일상은 현재 진행형이므로, 이 꿈 역시 이뤄가는 중이다.

* * *

서른이 넘은 나는 여전히 어설프고 부족한 어른이다. 하지만 20대 초반의 막연했던 꿈들을 조금이나마 실현해가고 있다. 어쩌다 운이 좋아서 좋아하는 일과 하고 있는 일이 일치했지만, 아직은 꿈을 이룬 사람이라고 스스로를 포장하기에는 부끄럽고 부족하다. 하지만 지금처럼 또 하루하루 살아가다보면 먼 훗날 마흔의 내가 서른의 나를 한껏 귀여워하며 되돌아보는 날이 오겠지.

그럼 그때 다시 열어봐야지, 안녕.

○

그리고,
다시 개막

끊임없이 전화벨이 울린다. 잠시 자리를 비웠다 돌아오면 카톡 창에 업무 관련 대화가 잔뜩 쌓여 있다. 당장 손에 잡은 일을 하나 끝내고 나면, 다음으로 해치워야 할 업무가 눈덩이처럼 불어난다. 턱밑까지 쫓아오는 일을 하다 문득 시계를 보니 거짓말처럼 두어 시간이 훌쩍 지나가 있다. 하루 종일 시간에 쫓기며 죽을 것 같다는 말을 입버릇처럼 내뱉는다. 그리고 다시 일에 몰두한다. 퇴근 시간을 진작 넘긴 어두컴컴한 저녁이 되어서야 사무실 밖을 나선다. 진이 빠진 발걸음은 무겁고, 2월의 밤공기는 여전히 차갑다.

매년 반복되는 이 끔찍한 시간이 돌아온 것을 온몸으로 실감하며 떠올린다.

'아, K리그 개막이 코앞이구나.'

봄과 함께 시작되는 K리그의 새 시즌을 준비하는 이 시기는 1년 중 가장 정신없고, 바쁘고, 고통스러운 시간이다. 이 폭풍 같은 시간을 꼴딱 넘기고 나야 개막이 온다. 이 순간을 위해 선수들은 겨우내 구슬땀을 흘리며 고된 훈련을 하고, 연맹과 구단 직원, 그 밖에 리그 관계자들 모두 각자의 위치에서 새 시즌을 위한 만반의 준비를 한다.

모든 준비를 마치면 우리는 또 새로운 출발선 앞에 서 있다. 저 출발선 앞으로 나아가면, 올 시즌에도 K리그를 뜨겁게 사랑해줄 팬들이 기다리고 있다. 벌써 과거가 되어버린 2020시즌 K리그는 코로나19 여파로 정상적인 리그 운영이 힘들었지만, 덕분에 그동안 당연했던 것들이 실제로 얼마나 소중한 것이었나 깨달았다.

다가오는 2021시즌도 여전히 코로나19의 상황은 안심할 수 없지만, 또 예년만큼 많은 상황이 제한적이겠지만, 그럼에도 축구는 내 심장을 뛰게 한다.

이번 주말, 드디어 겨울잠을 깬 K리그가 돌아온다.

The game is on. 축구는 계속 된다.

에필로그

이분이 여자였어요?

그날도 나는 불티나게 팔리는 손흥민 선수의 유니폼을 판매하고 있었다. 토트넘 스토어는 그의 인기에 힘입어 경기 날마다 한국인 손님들로 붐볐고, 덕분에 종종 K리그 유니폼을 입고 온 한국인들을 보곤 했다. FC서울 모자를 쓰고 온 남자 손님, 다 같이 전북현대 유니폼을 입고 온 가족, 수원삼성 핸드폰 케이스를 손에 쥐고 있던 남자 손님 등. 반가운 마음에 그분들에게 먼저 살갑게 다가가 말을 거는 게 나의 근무 시간 중 소소한 즐거움 가운데 하나였다.

열심히 일하던 어느 날, 갑자기 인천유나이티드 머플러를 하고 온 한국인 남자 손님이 나타났다.

"으아악! 인천 팬이세요? 저 인천 직원이었어요!!!"

나는 잃어버린 가족을 발견한 것처럼 거의 소리를 지르고 있었다.

그분 역시 한국에서 이역만리 떨어진 영국 런던에 토트넘 경기를 보러 와서 한국인 직원을, 그것도 본인이 좋아하는 인천에서 일했다는 직원을 마주쳤으니 놀랍고 반가워하기는 매한가지. 그분이 명함을 주셨지만 나는 명함은커녕 한국 핸드폰 번호를 정지해놓은 상태였고, 그분은 SNS 계정이 없는 터라 아쉬운 대로 나의 카카오톡 ID만 알려드린 채 헤어졌다.

그로부터 약 반년 뒤, 나는 영국 생활을 정리하고 한국에 들어왔다. 토트넘에서의 경험 때문에 한 언론사와 인터뷰를 하게 됐는데, 기사를 본 지인들이 연락을 해왔다. 그러다 그때 우연히 토트넘 스토어에서 마주쳤던 그 인천 팬과도 처음으로 연락이 닿았다.

"인터뷰 기사를 보고 큰 감명을 받았습니다. 꼭 한번 식사 대접을 하고 싶습니다."

정중한 말씀에 나 역시 감사한 마음으로 흔쾌히 받아들였다.

그렇게 마련된 식사 자리는 나보다 한참 어른이신 그분께 좋은 말씀도 많이 듣고, 재밌는 대화도 나누는 즐거운 시간이었다.

"제가 영국 갔다 와서 지인들한테 '토트넘에서 인천 구단 직원이었던 분을 만났다'고 얘기했거든요. 그리고 최근에 송희 씨 인터뷰 기사를 보고 내용이 너무 좋아서 지인들한테 링크를 보내줬어요. 그때 그 구단 직원분 인터뷰니 한번 읽어보라고요. 그랬더니 다들 뭐라고 했는지 아세요?"

"글쎄요? 뭐라고 하셨는데요?"

"'이분이 여자였어요?' 라고요. 저에게는 송희 씨 성별이 중요한 게 아니라, 당시에 제가 남자인지 여자인지 얘기를 안 했나 봐요. 그랬더니 다들 그냥 당연히 남자라고 생각했나 보더라고요."

영국에 가는 결정을 내렸을 때부터 그곳에 머무는 동안 단 한 번도 내 성별이 걸림돌이 됐거나 고민의 이유가 된 적은 없었다. 하지만 이 에피소드를 듣고는 이 모든 경험을 한 내가, 모두의 편견을 깬 내가 여자인 게 처음으로 자랑스러웠다.

남초 학과인 국제스포츠레저학부를 졸업한 뒤 남초 업계인 축구 산업에 종사하며 그동안 그야말로 남자가 대부분인 환경에 오랫동안 몸담았다. 그 안에서 여자라서 되고 안 되고의 문제를 잊고, 나는 그저 내가 하고 싶은 일을 하며 살아왔다. 이 날의 이야기는 나에게 이제껏 그래왔듯이 앞으로도 계속 씩씩하게, 하고 싶은 거 다 하고 살아가라는 힘을 줬다.

어느덧 축구를 좋아한 지는 20년이 다 되어가고, 축구 산업에서 일을 한 지는 9년 차가 됐다.

이제 일로도 취미로도 축구와 함께 한 시간이 제법 길어졌고, 그만큼 축구는 내 삶에서 가장 큰 부분이 됐다. 항상 좋기만 했다면 거짓말이다. 어떤 날은 축구밖에 모르는 내가 우물 안의 개구리같아 불안하다가도, 어떤 날은 여전히 축구에 목마르고 더 알고 싶은 욕심이 난다.

중요한 것은 나는 축구와 한 배를 타고 노 저어온 지금까지의 항해가 제법 마음에 들었고, 앞으로도 더 먼 바다로 나아가고 싶다. 어떤 날은 바람도 불고, 파도도 치고, 그래서 온몸으로 부딪혀야 하는 순간들이 오겠지만, 또 정해진 목적지가 어디까지 인지는 알 수 없지만. 지금껏 그래왔듯이 묵묵히 헤쳐나가다 보면 또, 어딘가에 닿아 있을 것이다.

그 언제보다 나 자신에게 집중했고,
자연스레 나에 대해 배워갔고,
그러다보니 나를 사랑하게 됐다.

저자가 프로축구단에서 근무하다 돌연 영국으로 떠나 토트넘의 계약직을 자청했다기에, 그 무모한 도전에 의아했던 기억이 새롭다. 하지만 아무것도 하지 않으면, 아무 일도 일어나지 않는 법. 세상은 햄릿이 아니라 돈키호테가 바꾼다. 저자의 창의적이고 열정적인 노력이 본인뿐 아니라, K리그의 변화도 이끌어 낼 것으로 확신한다.
이 책을 읽자니 저자가 매 순간을 예리하게 포착해 사진처럼 인화해놔서, 영상을 보는듯한 느낌이었다. 행간마다 저자의 인간적 체취와 지나온 삶의 궤적을 그려볼 수 있어서 좋았다. 축구팬들의 일독을 권하며, K리그 구성원 중에서 이처럼 K리그 관련 경험을 책으로 묶는 출간 붐이 일기를 희망한다.

_**한웅수** 한국프로축구연맹 부총재

글을 읽으며 나의 첫 감독 도전을 함께 해줬던 저자에게 다시 한 번 고마움을 느꼈다. 인천에서는 어려운 상황에서도 선수단과 그 뒤에서 지원해주는 구성원들이 한마음으로 같이 한다면 기적이 일어난다는 교훈을 얻었던 시기였다. 이 책을 통해 뜨거웠던 그때를 추억할 수 있어서 감사하다.

_**김도훈** 라이언시티 세일러스 FC 감독

적어도 축구에 관한 한 양송희의 믿음은 강한 운동력을 갖는다. '저질러야 시작된다'는 영혼의 풍향계를 따라 훌쩍 떠난 영국에서, 놀이하듯 일하며 차곡차곡 쌓아둔 배움의 일지를 보니 그렇다. 이방인의 눈으로 관찰한 EPL 속 이야기뿐 아니라 K리그와 축구 산업 인사이더로 풀어놓는 경험담과 성찰이 신선하고 흥미롭다. 그의 말대로 "사는 데 축구가 전부는 아니지만", 축구에 모든 걸 걸 줄 아는 양송희는 무모해 보일 정도로 멋진 사람이다. 그가 신나게 써 내려간 이 책은 축구를 다루고 즐기는 방식에서 또 하나의 안내서가 되어줄 것이다.

_배진경 전 포포투 편집장, 《K리그 레전드》 저자

경쾌하고 발랄하게 그려낸 경험담. 하지만 그 뒤에 숨겨진 고뇌와 번민도 함께 전해진다. 많은 일을 겪었지만 아직도 젊디젊은 청춘. 저자가 앞으로 어떤 인생을 만들어낼지 궁금하다. 계속 응원하며 지켜보겠다.

_손수호 법무법인 지혁 대표 변호사

가끔 지쳐 '내가 축구를 왜 하고 있지?'라는 생각이 들 때가 있었다. 하지만 이 책을 보고 반성했다. 왜 하긴! 사는 데 축구가 전부

니까! 읽는 내내 저자가 진짜 진짜 축구를 사랑하는 게 많이 느껴졌다. '나도 질 수 없다, 내가 더 축구를 사랑할 거야'라는 마음이 자꾸 드는 건 왜일까? 아마도 축구를 바라보는 저자의 애틋한 감정에 공감됐기 때문일 것이다.

_이슬기 강원FC 코치

내가 알고 있는 양송희는 마음이 따뜻한 사람이다. 상대방의 마음을 공감하고 위로해 주는 특별한 능력이 있다. 책 속에서 그는 나에게 위로받았다고 했지만, 나는 지금도 그에게 응원과 위로를 받고 있다. 이 책을 읽는 독자분들도 역시 따뜻한 위로와 응원을 받게 될 것이다. 마지막으로 용감한 도전을 한 양송희, 정말 멋있고 너의 길을 항상 응원한다.

_김도혁 인천유나이티드 선수

AFC 챔피언스리그 경기를 위해 태국으로 이동하는 비행기 안에서 책을 읽었다. 너무 공감 가고 재미있어서, 도착할 때까지 한 번도 쉬지 않고 끝까지 읽어 내려갔다. 마치 한 사람의 축구 인생이 시작되는 영화를 한 편 본 것 같은 울림을 느꼈다. 특히 책 속의 인천 응원가 〈벨라 차오〉 가사를 보고 나도 모르게 온몸에 소름이 돋았다. 인천이 고향인 나에게 여전히 인천의 피가 흐르고 있는 것 같다는 생각이 들었다(하지만 내 팀 울산을 사랑한다!).

축구에 대한 저자의 간절함과 열정과 사랑, 그리고 축구를 위해 열정을 쏟아내는 많은 분들의 이야기를 보면서 축구 선수로서 무척 감동받았다. K리그 팬이 있기에 축구 선수가 있고, 경기장 뒤에서 일하는 수많은 보이지 않는 영웅unsung hero들이 있기에 구단이 있으며, 선수와 구단이 있기에 K리그와 축구가 존재한다. 선수로서 책임감을 더욱 느끼면서, 경기장에서 축구를 통해 힘이 되고, 감동을 주고 싶다는 생각이 간절해진다. 뜨거움 가득한 이 책을 많은 분들이 읽으면 좋겠다.

_오세훈 울산현대 선수

서른 살, 꿈꾸던 일을 찾아 떠났다

저질러야 시작되니까

초판 1쇄 인쇄 | 2021년 8월 10일
초판 1쇄 발행 | 2021년 8월 20일

지은이 | 양송희
펴낸이 | 전준석
펴낸곳 | 시크릿하우스
주소 | 서울특별시 마포구 독막로3길 51, 402호
대표전화 | 02 - 6339 - 0117
팩스 | 02 - 304 - 9122
이메일 | secret@jstone.biz
블로그 | blog.naver.com/jstone2018
페이스북 | @secrethouse2018
인스타그램 | @secrethouse_book
출판등록 | 2018년 10월 1일 제2019 - 000001호

ISBN 979-11-90259-83-5 03810